Wolfram Hänel
Drei Weihnachtsengel auf heißer Spur

AF125888

Dieser Weihnachtskrimi erzählt in
24 Folgen von einem Fall, der es in
sich hat. Gleichzeitig verkürzt er als
Adventskalender die Wartezeit bis
Weihnachten. Jeden Tag vom 1. bis
zum 24. Dezember kannst du die Seiten
eines neuen Kapitels öffnen. Mit einem
Lineal oder mit einem Brieföffner
funktioniert das besonders gut.
Viel Spaß dabei!

DER AUTOR

© privat

Wolfram Hänel, 1956 in Fulda geboren, lebt in Hannover und Berlin. Er arbeitete als Plakatmaler, Theaterfotograf, Werbetexter, Studienreferendar, Spiele-Erfinder und Dramaturg, bevor er 1987 zu schreiben anfing. Bislang sind über 100 Romane, Erzählungen und Bilderbücher von ihm erschienen, die in insgesamt 25 Sprachen übersetzt wurden. Für seine schriftstellerische Tätigkeit wurde er mehrfach ausgezeichnet, u. a. mit dem Friedrich-Gerstäcker-Preis für Jugendliteratur.

Mehr über Wolfgang Hänel und seine Bücher:
www.haenel-buecher.weebly.com

© Brigitta Kowsky

Susanne Göhlich, 1972 in Jena geboren, lebt mit ihrer Familie in Leipzig. Neben dem Studium der Kunstgeschichte begann sie zu zeichnen und arbeitet heute als freie Autorin und Illustratorin von Schul- und Kinderbüchern.

Wolfram Hänel

Drei Weihnachtsengel auf heißer Spur

Ein Weihnachtskrimi
in 24 Kapiteln

Zeichnungen von
Susanne Göhlich

 Dieses Buch ist auch als E-Book erhältlich.

MIX
Papier aus verantwor-
tungsvollen Quellen
FSC
www.fsc.org   **FSC® C010328**

Verlagsgruppe Random House FSC® N001967

2. Auflage
Erstmals als cbt Taschenbuch September 2018
© 2017 cbj Kinder- und Jugendbuchverlag
in der Verlagsgruppe Random House GmbH
Neumarkter Str. 28, 81673 München
Alle Rechte vorbehalten
Umschlagillustration: Susanne Göhlich
Umschlagkonzeption: Karl-Müller-Bussdorf
CK · Herstellung: AJ
Satz: Uhl + Massopust, Aalen
Druck: Alföldi Nyomda Zrt., Debrecen
ISBN 978-3-570-31239-1
Printed in Hungary

www.cbj-verlag.de

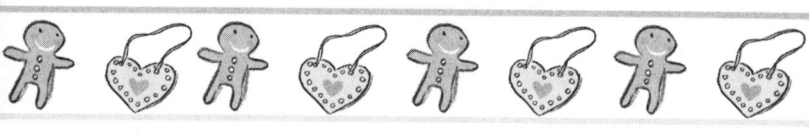

1.

Dezember

So, Leute, da bin ich wieder! Max, von guten Freunden auch Mäxchen genannt. Und seit genau einem Jahr im Dauerausnahmezustand. Schönes Wort, oder? So schön, dass ich's gleich noch mal hinschreiben muss: DAUERAUSNAHME-ZUSTAND.

Also so was wie ein Zustand, der

a) nicht normal ist,

b) schon länger dauert

und c) auch nicht so schnell wieder aufhören wird.

Vielleicht sogar nie, wenn ich Pech habe! Andererseits weiß man das nicht genau. Vielleicht habe ich ja auch Glück und morgen ist alles vorbei. Weil eine gewaltige Lawine ins Tal gedonnert kommt und alles plattmacht. Wobei nicht ganz klar ist, ob man das dann wirklich »Glück« nennen könnte…

Aber ich merke schon: Ihr blickt gerade nicht durch. Und deshalb ist es vielleicht besser, wenn ich kurz noch mal ein paar Sachen notiere, die wichtig sind. Damit ihr wisst, worum es überhaupt geht.

Also, das Ganze hat vor genau einem Jahr angefangen. Als meine Mutter mit mir und meiner Schwester Mia umgezogen ist. Und zwar aus einer schönen großen Stadt in ein kleines einsames Bergdorf mitten in den Alpen. Wo im Winter meterhoher Schnee liegt und Tag und Nacht die Lawinen ins Tal donnern. Immer haarscharf an den Häusern vorbei. Siehe oben. Und wo mein Onkel Toni ein Hotel hat. Ein kleines Hotel. Mit ein paar kleinen Zimmern, in denen es nicht viel mehr gibt als ein Bett, einen Schrank, ein Waschbecken und genau drei Kleiderhaken an der Wand. Manchmal auch noch einen wackligen Tisch und einen Stuhl davor.

Mia und ich haben jeder ein solches Drei-Kleiderhaken-Zimmer ganz oben direkt unter dem Dach. Wenn wir aus dem Fenster blicken, können wir unten im Tal das Dorf mit dem

Kirchturm sehen. Und den alten Skilift, der schon seit Jahren nicht mehr funktioniert. Außerdem auch noch die Pizzeria von Carlos Vater, mit der blinkenden Leuchtreklame auf dem Dach, bei der die beiden »Z« kaputt sind:

PI ERIA.

Wenn es allerdings schneit, können wir gar nichts sehen! Weil die Schneeflocken so dicht am Fenster vorbeiwirbeln, als hätte gerade jemand einen weißen Vorhang zugezogen.

Aber zurück zum Anfang. Wir sind also zu Onkel Toni ins Hotel gezogen. Und Caruso war natürlich auch dabei! Caruso ist unser Hund. Ein Berner Sennenhund, der nicht unbedingt der Hellste ist, aber dafür echt nett. Und der so sabbert, dass man am besten mit einem Wischlappen hinter ihm herläuft. Gewissermaßen ein Berner-Sabbermonster-Sennenhund!

Meine Mutter hat dann als Köchin bei Onkel Toni angefangen. Was gut war, weil sie eindeutig besser kochen kann als Onkel Toni. Mia hat für die Hotelgäste Skikurse gegeben. Was nicht ganz so gut war, weil sie selber noch Mühe hatte, nicht in jeder Kurve umzufallen. Und ich? Ich war der Hotelboy! Das heißt, ich habe jede Menge Koffer die Treppen hoch und runter geschleppt, den Gästen gezeigt, wo die drei Kleiderhaken in ihrem Zimmer sind, und so lange an der Tür gestanden, bis sie mir ein Trinkgeld gegeben haben. Die Gäste natürlich, nicht die Kleiderhaken! Man könnte also auch sagen, dass ich mehr oder weniger alleine das ganze Hotel am Laufen gehalten habe.

Aber so richtig gut lief es trotzdem nicht. Weil die meisten Feriengäste lieber in ein Hotel mit Swimmingpool und Sauna wollten, statt in Onkel Tonis alte Bruchbude. Und es wurde erst besser, als sich rumgesprochen hat, dass meine Mutter die besten Kasnocken im ganzen Dorf macht. Und noch bessere Frittatensuppe! Von ihren sozusagen weltberühmten Germknödeln will ich gar nicht erst reden.

Was Kasnocken, Frittatensuppe oder Germknödel sind, kann ich später noch mal erklären. Dann verrate ich euch auch, dass »Tafelspitz« kein klein gehackter Hund ist, sondern... wie gesagt, später!

Okay, was müsst ihr jetzt noch wissen? Vielleicht dass meine Mutter und mein Vater sich jetzt wieder besser verstehen. Weil sie sich nicht mehr jeden Tag sehen. Denn mein Vater arbeitet immer noch in der schönen großen Stadt, in der wir früher auch gewohnt haben. Aber er kommt fast jedes Wochenende zu Besuch! Ich glaube allerdings, dass er vor allem deshalb kommt, weil er sich immer noch Sorgen um uns macht. Also um Mia und mich! Weil er denkt, dass wir vielleicht aus Versehen wieder in so eine Sache rutschen könnten wie letztes Jahr zu Weihnachten. Als Mia und ich fast ganz alleine eine Bande von Verbrechern überführt haben. Die sich als Weihnachtsmänner verkleidet und das Nachbardorf ausgeraubt hatten! Und die auch glatt mit der Beute davongekommen wären, wenn wir sie nicht mit einem Trick auf den alten Sessellift gelockt und erwischt hätten.

Aber das ist eine ganz andere Geschichte, die jetzt viel zu lange dauern würde, um sie euch zu erzählen. Im Moment ist eigentlich nur wichtig, dass wir immer noch bei Onkel Toni wohnen. Und meine Mutter ist immer noch Hotelköchin, während Mia und ich inzwischen im Dorf zur Schule gehen und uns natürlich jeder kennt. Wegen der Sache mit den falschen Weihnachtsmännern. An der übrigens auch Carlo beteiligt war, unser Freund von der Pizzeria. Man könnte wahrscheinlich sogar sagen, dass Carlo und wir so ziemlich die besten Freunde sind, die es gibt. Zusammen mit Caruso natürlich, unserem Sabbermonster-Sennenhund! Wenn jemals jemand ein Buch über uns schreiben sollte, müsste es heißen: DIE GEFÜRCHTETEN VIER AUS UNTERBERG. Oder so ähnlich jedenfalls. Und natürlich nur von Verbrecherbanden gefürchtet. Alle anderen finden uns großartig!

Zurzeit ist Onkel Tonis Hotel noch ziemlich leer, weil die meisten Feriengäste erst zu Weihnachten kommen. Und mit ein bisschen Glück verirren sich dann vielleicht auch welche zu Onkel Toni. Aber immerhin soll heute Abend schon mal der erste Gast auftauchen, der sich schon vor Wochen angemeldet und unser bestes Zimmer gemietet hat. In dem es zwar auch nur drei Kleiderhaken gibt, aber dafür einen riesigen Balkon, der direkt über der Küche ist, sodass man schon nachmittags weiß, was es abends zu essen gibt.

Um kurz nach sechs sollen Mia und ich den neuen Gast von der Bushaltestelle im Dorf abholen. Aber vorher müssen wir unbedingt noch zu Carlo, um mit ihm endlich einen Plan zu machen, was wir dieses Jahr als große Weihnachtsüberraschung für alle auf die Beine stellen können. Die Zeit wird langsam knapp und ich hoffe nur, dass uns noch rechtzeitig was einfällt. Oder dass uns zufällig noch mal ein paar falsche Weihnachtsmänner über den Weg laufen!

Allerdings war Carlo heute nicht in der Schule, und als wir vorhin bei ihm geklingelt haben, hat niemand aufgemacht. Auch auf seinem Handy war er nicht zu erreichen. Und irgendwie bin ich ein bisschen nervös, was mit ihm los ist. Normalerweise wissen wir ja alles voneinander, und wenn irgendetwas passiert wäre, hätte er uns ganz bestimmt Bescheid gesagt. Aber wenn ich darüber nachdenke, dann fällt mir auf, dass Carlo sich in den letzten Tagen irgendwie komisch benommen hat.

Was ist mit Carlo los?
Lies morgen weiter!

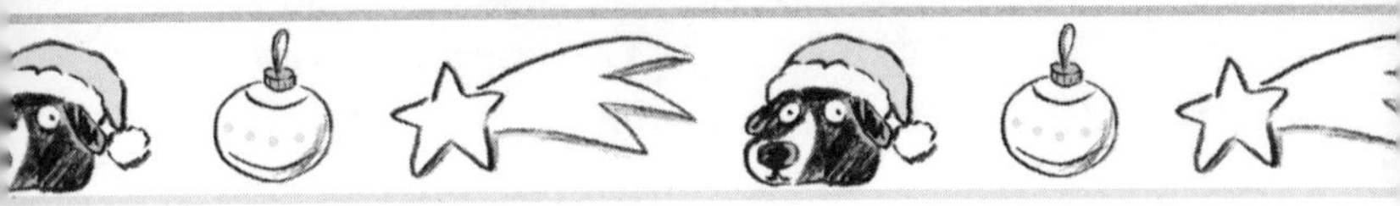

2.

Dezember

Draußen schneit es, und wir sind kaum zur Tür raus, als Caruso auch schon anfängt, Schnee zu fressen. Ich habe irgendwie den dummen Verdacht, dass er denkt, das weiße Zeug müsste weg. Jetzt hat er wahrscheinlich vor, so lange Schnee zu verschlingen, bis der Hügel vor unserem Hotel wieder schön grün ist.

Mia formt einen Schneeball und wirft ihn so weit, wie sie nur kann. Caruso jagt los und wühlt sich mit der Schnauze voran bis zu der Stelle, wo der Schneeball gelandet ist. Und frisst ihn auf! Ich sag's ja, Caruso ist nicht unbedingt der Hellste.

Jetzt wartet er schwanzwedelnd darauf, dass wir den nächsten Schneeball für ihn werfen.

Aber da erscheint Onkel Toni hinter uns in der Tür. »Denkt daran, dass ihr nachher den neuen Gast abholen müsst!«

Typisch Onkel Toni! Er glaubt wirklich, dass nichts klappt, wenn er nicht alles selber macht. Oder einen nicht wenigstens alle fünf Minuten daran erinnert. Dabei haben Mia und ich noch nie vergessen, einen neuen Gast abzuholen. Höchstens dass wir mal ein bisschen zu spät waren. Oder der Gast zu früh, das passiert allerdings öfter mal…

»Geht klar!«, ruft Mia zurück. »Wir nehmen einen Schlitten fürs Gepäck mit.«

»Gute Idee«, stimmt Onkel Toni ihr zu.

»Äh, übrigens, Onkel Toni«, setze ich möglichst harmlos an und schiele wie zufällig zu dem Motorschlitten hinüber, der neben der Haustür geparkt ist. »Da fällt mir gerade ein…«

»Nein«, unterbricht mich Onkel Toni sofort. »Kommt gar nicht in Frage.«

Mist! Manchmal scheint es, als könnte er echt Gedanken lesen. Dabei weiß ich ganz genau, wie man Motorschlitten fährt! Es ist auch gar nicht so schwierig, man muss nur aufpassen, dass man am Berg nicht zu schräg fährt, weil man sonst mit dem Ding umfällt. Aber bis zur Bushaltestelle gibt es null gefährliche Stellen, und ganz sicher würde es auf den neuen Gast mehr Eindruck machen, wenn wir mit dem Motorschlitten angebrettert kämen, anstatt so ein altes Holzgestell hinter uns herzuzerren. Das Problem ist einfach, dass Onkel Toni manchmal keine Ahnung hat!

»Du hast es immerhin versucht«, meint Mia und grinst. Sie kann nämlich auch Gedanken lesen.

Onkel Toni verschwindet wieder im Haus. Und wir holen den Kinderschlitten aus dem Keller und stapfen los.

Ich hoffe, ihr erinnert euch noch, wo wir hinwollen? Genau, zu Carlo, unserem Freund aus der Pizzeria, der weder in der Schule war noch an sein Handy gegangen ist. Was äußerst merkwürdig ist!

Wir stapfen also über den Hügel. Caruso hat inzwischen aufgegeben, den ganzen Schnee fressen zu wollen. Wahrscheinlich hat er eingesehen, dass er es nie schaffen wird. Aber er hat schon eine neue Aufgabe gefunden. Er versucht, den Schlitten zu fangen, den Mia hinter sich herzieht. Und vor Aufregung hat er bereits die gesamte Sitzfläche vollgesabbert! Wir können nur hoffen, dass der neue Gast ein bisschen kurzsichtig ist und nichts merkt.

Als wir an der Straße sind, treffen wir zwei Mädchen, die eine Klasse unter uns sind und gerade aus dem Dorf kommen. »Im Skigeschäft gibt es ein Sonderangebot mit diesen coolen Mützen, wie du sie hast«, erklären sie. »Und jetzt haben wir endlich auch welche!«

Stimmt, das ist nicht zu übersehen, denke ich und verdrehe die Augen. Die Rede ist natürlich nicht von meiner Mütze, sondern von dem völlig bescheuerten Teil, das Mia auf dem Kopf hat. Mit einem Rentiergeweih aus Stoff! Vielleicht soll

es auch ein Elchgeweih sein, keine Ahnung, aber Mia findet das Ding jedenfalls so toll, dass sie es am liebsten noch mit ins Bett nehmen würde. Und offensichtlich ist sie ja nicht die Einzige, die darauf steht, als selbst gestrickter Elch durch die Gegend zu laufen.

»Cool«, sagt sie jetzt und bewundert die anderen beiden Elche.

»Absolut cool!«, erklären ihre Artgenossen begeistert. »Und wo wollt ihr hin?«

»Nur eben schnell zu Carlo«, sage ich und zeige zur anderen Straßenseite hinüber, wo auf dem Flachdach das »PI ERIA«-Schild blinkt.

»Hä? Wisst ihr das denn gar nicht?«, fragen die beiden Mädchen und starren mich an, als ob ich der Elch wäre.

»Was?«, frage ich zurück. »Was wissen wir nicht?«

»Carlo ist doch weggezogen! Gestern Abend schon.«

»Quatsch«, erklärt Mia. »Davon hätte er uns was gesagt, er ist schließlich unser Freund!«

»Aber er ist trotzdem weg. Zusammen mit seinem Vater. Wir haben sie getroffen, als sie mit ihrem Lieferwagen an der Tankstelle waren. Und Carlo hat gesagt, dass sie zurück nach Italien wollen.«

»Quatsch«, sage ich jetzt auch. Klar, Carlo kommt aus Italien, und seine Mutter wohnt da in Neapel, aber …

»Aber wenn sie umgezogen wären, hätten sie ja wohl einen Möbellaster gebraucht. Und außerdem ist die Leuchtreklame über der Pizzeria noch an und …«

Und dann weiß ich nicht weiter. Es kann nicht sein, denke ich nur. Vielleicht sind sie nur weg, um Carlos Mutter zu besuchen. Weil die plötzlich krank geworden ist oder einen Unfall hatte oder so was. Und sie mussten so schnell los, dass Carlo nicht mehr dazu gekommen ist, uns Bescheid zu sagen!

Das ist jedenfalls die einzige Erklärung, die mir im Moment einfallen will.

Die beiden Mädchen zucken mit den Schultern und laufen weiter. Und Mia und ich stehen mit Caruso und dem vollgesabberten Schlitten am Straßenrand und starren auf das blinkende Schild über dem Eingang. Was uns allerdings auch nicht weiterhilft.

»Das kann nicht sein«, sagt Mia. »Los, lass uns noch mal selber nachgucken, ob wir irgendwas entdecken.«

Aber da ist nichts. Außer der Leuchtreklame ist alles dunkel. Auch die Hintertür zur Küche ist verriegelt, und am Eingang zum Restaurant hängt noch nicht mal ein Schild, auf dem so was steht wie »Vorübergehend geschlossen« oder so. Nichts.

Caruso rennt aufgeregt hin und her, als würde er eine Spur verfolgen. Aber dann hebt er doch nur sein Hinterbein und pinkelt an die Stufen.

»Irgendwas stimmt hier nicht«, sagt Mia.

»Das sehe ich genauso«, sage ich.

»Aber was?«

Ich habe eine Idee. Neben der Pizzeria gibt es eine Garage, die Carlos Vater als Lagerraum benutzt, weil sie ohnehin zu klein für den Lieferwagen ist. Und diesmal haben wir mehr Glück. Das Tor ist nicht verschlossen!

Als wir das Licht einschalten, sieht alles aus wie immer. Auf dem Regal an der Rückwand stapeln sich die leeren Pizzakartons, und auch die großen Kanister mit Pepperoni, Oliven und in Öl eingelegten Tomaten stehen ordentlich aufgereiht an der Seite. Aber ich suche nach etwas anderem. Und das ist nicht da!

Was fehlt in der Garage?
Lies morgen weiter.

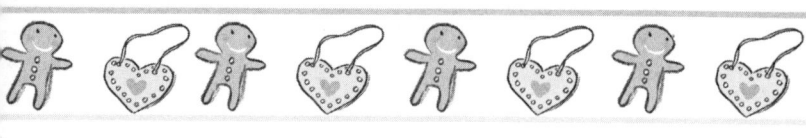

Dezember

Auf jeden Fall ist Carlo nicht mal eben nur kurz weg«, sage ich leise zu Mia und zeige auf die Ecke, wo die Skier von Carlo und seinem Vater an der Wand lehnen. Und wo auf dem Betonboden noch ein Rostfleck von der nassen Stahlkante des Snowboards zu sehen ist.

Mia kapiert sofort, was ich meine. »Carlos Board ist weg«, sagt sie und nickt.

»Und wir wissen beide, dass er sein Board nicht mitschleppen würde, wenn er vorhätte...«

»... heute oder morgen wieder zurückzukommen«, bringt Mia meinen Satz zu Ende. »Oder wenn er nur seine Mutter in Neapel besuchen will, wo es gar keinen Schnee gibt.«

»Das heißt...«

»Dass er vielleicht wirklich weggezogen ist!«

Für einen Moment sagen wir gar nichts mehr. Die Gedanken in meinem Kopf überschlagen sich. Es muss irgendetwas passiert sein, weshalb Carlo und sein Vater verschwunden sind, ohne dass Carlo mit uns darüber geredet hat. Es musste also entweder ganz schnell gehen und Carlo hatte keine Zeit, oder es ist etwas, was... wir nicht wissen sollen! Für die zweite Möglichkeit spricht auch, dass er noch nicht mal eine SMS geschickt hat. Und ich fand ja schon in den letzten Tagen, dass er irgendwie komisch war...

»Es passt nicht«, erklärt Mia kopfschüttelnd. »Mal angenommen, sie sind wirklich weggezogen, warum haben sie dann nicht alles mitgenommen? Ich wette, dass ihre Möbel immer noch da sind, in den Lieferwagen haben ja höchstens ein paar Kartons mit ihren Klamotten gepasst, und vielleicht noch...«

»Was würdest du mitnehmen, wenn es ganz schnell gehen muss?«, unterbreche ich sie.

Mia zuckt mit den Schultern. »Meine Lieblingsklamotten,

»meine Lieblingsbücher, meine Lieblings-CDs, meine Lieb-lingsposter ...«, zählt sie an den Fingern auf.

»Und wenn du Carlo wärst?«

»Mein Snowboard, klar. – Aber überleg doch mal, wie es war, als wir umgezogen sind!«, setzt sie dann hinzu. »Da haben wir auch viele Sachen nicht mitgenommen, weil wir ja wussten, dass bei Onkel Toni kein Platz ist, und trotzdem wäre Mutti nie ohne ihren Lieblingsschrank und die große Truhe von Opa und ohne seinen Ohrensessel weggegangen!«

»Und wenn wir uns irren?«, frage ich. »Wenn die beiden Mädchen von vorhin zwar den Lieferwagen an der Tankstelle gesehen haben, aber vorher schon ein Möbellaster da war?«

»Und wann? Das hätten wir doch mitgekriegt!«

»Als wir in der Schule waren«, schlage ich vor. »Oder nachts!«

»Okay, fragen wir die Nachbarin.«

Mia dreht sich um und stiefelt zu dem Haus hinüber, das hinter der Pizzeria steht. Ich rufe Caruso und folge ihr.

Die alte Frau, die da hinten wohnt, scheint nicht gerade begeistert zu sein, als wir vor ihrer Tür stehen. Obwohl sie uns natürlich ganz genau kennt! Weil hier im Dorf eigentlich jeder jeden kennt. Und normalerweise passiert auch nichts, ohne dass es nicht irgendjemand mitkriegt.

»Wir haben nur schnell eine Frage«, sagt Mia.

»Ich hab keine Zeit«, antwortet die alte Frau und will gleich die Tür wieder zumachen.

Aber da hat sie nicht mit Caruso gerechnet! Der ist näm-lich auch so ziemlich der neugierigste Hund, den es gibt, und drückt sich jetzt sabbernd und hechelnd an der Frau vorbei in den dunklen Flur. Weshalb mir gar nichts anderes übrig bleibt, als mich mit einem Hechtsprung hinter ihm herzustürzen. Um ihn noch rechtzeitig am Halsband zu packen, bevor er auf

die Idee kommen kann, die Kisten und Kartons zu markieren, die da aufgestapelt an der Wand stehen.

Ich hoffe, ihr habt es gemerkt, Leute! Die Kisten und Kartons, habe ich gesagt. UMZUGSKARTONS! Und ich hoffe, das kommt euch mindestens so merkwürdig vor wie mir gerade. Weshalb ich jetzt auch verblüfft stottere: »Wollen Sie wegziehen?«

»Das geht euch nichts an«, erklärt die Frau verärgert und schiebt Caruso und mich zurück zur Tür. Aber natürlich hat auch Mia inzwischen gesehen, was los ist, und fragt jetzt: »Kommt bei Ihnen dieselbe Umzugsfirma, die neulich nachts die Sachen aus Carlos Pizzeria abgeholt hat?«

Mia ist echt clever, denke ich noch. Das war jedenfalls gerade eine Fangfrage, mit der sie in jedem »Tatort« als Kommissarin auftreten könnte!

Die Frau starrt Mia an, als würde sie kein Wort kapieren. »Wie bitte? Wovon redest du?«

»Carlos Pizzeria. Neulich, nachts. Umzugslaster!«, wiederholt Mia überdeutlich.

»Da war kein Laster. Die sind einfach so weg.«

Mia lässt nicht locker. »Und wohin? Wissen Sie das?«

»Nach Hause, wo sie herkommen. Irgendwo in Italien.«

Das ist meine Chance, um einzuhaken. Nicht, dass Mia noch denkt, sie wäre die Einzige hier, die was von echter Detektivarbeit versteht.

»Und Sie wollen auch nach Italien?«, frage ich also, als ob ich ein bisschen lahm in der Birne wäre.

Es funktioniert.

»Was? Aber wieso… Nein, natürlich nicht. Ich gehe ins Altersheim.«

Bingo! Ohne meinen kleinen Trick hätte sie das nie verraten, da bin ich mir sicher. Obwohl uns die Information natürlich nicht wirklich weiterhilft, das ist schon klar. Denn Carlo und sein Vater wollen bestimmt nicht ins Altersheim!

Okay, ich gebe zu, dass das jetzt nicht unbedingt logisch war. Aber ihr müsst auch verstehen, dass ich im Moment nicht ganz durchblicke. Genauso wenig übrigens wie Mia.

»Zufall?«, fragt sie mich, kaum dass uns die alte Frau die Tür vor der Nase zugeknallt hat.

»Keine Ahnung, aber zumindest ist es doch komisch, dass Leute wegziehen, deren Häuser genau nebeneinanderliegen. Und vor allem, dass sie nicht darüber reden wollen. Wenn wir jetzt nicht zufällig gefragt hätten, wäre die alte Frau ebenfalls einfach verschwunden!«

»Wir müssen mehr rauskriegen«, sagt Mia. »Tankstelle!«

»Hä?«

»Der Typ von der Tankstelle! Der ist der Letzte, der Carlo und seinen Vater gesehen hat. Vielleicht weiß er was.«

Die Tankstelle ist unten an der Landstraße, die aus unserem Tal raus und zur nächsten Stadt führt. Und wir müssen gar nicht erst durchs Dorf, um dahin zu kommen, sondern können einfach die Abkürzung den Berg runter nehmen. Quer über die verschneiten Kuhweiden!

Wobei es gar nicht so leicht ist, sich zusammen mit Caruso auf den alten Kinderschlitten zu quetschen. Aber irgendwie kriegen wir es hin, ohne umzufallen oder einen von uns unterwegs zu verlieren. Und wir werden sogar so schnell, dass wir direkt bis vor die Zapfsäulen brettern!

Aber gerade als wir absteigen, meldet Mias Handy eine neue Nachricht. Und ich sehe, wie sie auf das Display starrt und bleich wird.

Wer hat Mia eine SMS geschickt?
Lies morgen weiter!

4.

Dezember

S chon klar, ihr wollt natürlich wissen, wer Mia gerade eine SMS geschickt hat. Und glaubt mir, Leute – mir geht es ganz genauso wie euch!

»Jetzt sag schon, wer hat dir geschrieben?«, frage ich ungeduldig. Gleichzeitig denke ich, dass Mia ungefähr so weiß ist wie die Schneewiese hinter ihr.

Als sie hochblickt, sind ihre Augen weit aufgerissen. »Lies selber!«

Sie hält mir das Handy hin. Ich sehe sofort, dass die SMS von Carlo ist. Weil Carlo der Einzige ist, den ich kenne, der seine Nachrichten grundsätzlich in Großbuchstaben schickt. Und nie Kommas oder Punkte benutzt.

PASST AUF, steht auf dem Display. IM DORF PASSIERT WAS WAS NICHT GUT IST MEHR DARF ICH NICHT SAGEN CARLO.

»Hä?«, mache ich. »Was soll das denn?«

Mia nimmt das Handy und drückt die Rückruftaste. Nur um gleich darauf ratlos mit der Schulter zu zucken und zu sagen: »Ausgeschaltet. Keine Chance.«

»Und jetzt?«

»Keine Ahnung. Ich kapier überhaupt nichts mehr. Aber sicher ist, dass wir uns nicht geirrt haben. Irgendwas stimmt hier nicht.«

»Aber was soll das heißen, dass er nicht mehr sagen darf?«, frage ich. »Was meint er damit?«

»Keine Ahnung«, wiederholt Mia.

»Er hat Angst!«, gebe ich mir selbst die Antwort. »Das ist die einzige Erklärung. Irgendjemand hat ihm verboten zu reden! Vielleicht wird er sogar bedroht! Und wenn er was sagt, ist er dran, dann passiert ihm irgendwas«, überlege ich weiter.

»Aber was soll das sein? Das verstehe ich nicht. – Oder

meinst du, Carlo und sein Vater sind vielleicht... entführt worden?«

Ich schüttle den Kopf. »Dann hätten die beiden Mädchen eine dritte Person im Lieferwagen sehen müssen«, erkläre ich. »Haben sie aber nicht. Und außerdem hätte Carlo nicht sein Board mitgenommen, wenn er entführt worden wäre!«

»Okay«, sagt Mia. »Ein Punkt für dich.«

Plötzlich schießt mir ein Gedanke durch den Kopf. »Erinnerst du dich an die alte Frau eben?«, frage ich. »Die hatte doch auch Angst! Die wollte doch absolut nichts erzählen, sondern uns nur ganz schnell wieder loswerden.«

»Also gibt es vielleicht wirklich einen Zusammenhang«, stimmt mir Mia zu.

»Den wir nur noch nicht erkennen«, sage ich. »Also los, komm, reden wir erst mal mit dem Typen von der Tankstelle. Vielleicht hat er ja wirklich was mitgekriegt, was uns weiterhilft.«

Wir schnappen uns Caruso, der gerade damit fertig ist, die Zapfsäulen der Reihe nach zu markieren, und öffnen die Tür zum Laden.

Aber bevor wir auch nur »Guten Tag« sagen können, brüllt der Tankwart schon quer durch den Raum: »Na, habt ihr euren Schlitten vollgetankt?«

Gleich darauf lacht er so dröhnend, dass Caruso verwirrt den Kopf schüttelt. Was leider den Effekt hat, dass ein paar dicke Sabberfetzen auf den Zeitungen neben der Tür landen.

Der Tankwart kriegt zum Glück nichts davon mit, sondern freut sich immer noch über seinen gelungenen Witz.

Also jetzt nur kurz für alle, die es noch nicht kapiert haben: »Schlitten« ist das Stichwort! Und der Tankwart hat gesehen, dass wir mit unserem Schlitten angekommen sind. Aber zu großen Autos sagt man ja auch Schlitten, deshalb hat er ge-

fragt, ob wir vollgetankt hätten. Alles klar? Man kann über die Leute aus dem Dorf sagen, was man will, aber manche von ihnen könnten glatt als Comedy-Blödmänner auftreten. Und der Tankwart gehört eindeutig dazu!

Er hört erst auf zu lachen, als Mia jetzt sagt: »Wir sind wegen Carlo hier. Sie wissen schon, Carlo von der Pizzeria oben am Berg. Und Carlo ist ja gerade weggezogen, aber er hat sein Snowboard zu Hause vergessen. Deshalb dachten wir, dass Sie vielleicht wissen, wo er mit seinem Vater hinwollte, als sie gestern Abend hier bei Ihnen getankt haben. Dann könnten wir ihm nämlich sein Snowboard hinterherschicken oder so was.«

Ich finde ja, dass Mias Geschichte nicht gerade besonders überzeugend ist, aber das scheint den Tankwart nicht zu stören.

»Sie sind weg«, erklärt er. »Zurück nach Italien. Weil da die Spaghetti länger sind.«

»Hä?«, macht Mia.

»War nur ein Witz!«, freut sich der Tankwart und fängt schon wieder an zu lachen. Ich sag's ja. Siehe oben!

»Ach so«, meint Mia. »Aber wohin in Italien wissen Sie auch nicht? Oder warum Sie überhaupt weggezogen sind?«

Der Tankwart beugt sich vor und legt den Zeigefinger auf die Lippen. »Mafia!«, flüstert er dann so leise, dass wir ihn kaum verstehen.

»Mafia?«, frage ich irritiert.

»Pscht!«, macht er schnell und blickt sich um, als ob uns jemand hören könnte. »Ich hab die Geldscheine gesehen, die der Vater in der Tasche hatte, als er bezahlt hat. Alles Hunderter, und mit Gummibändern zusammengerollt!« Er zeigt mit Daumen und Zeigefinger, wie dick die Bündel waren. »So dick!«

»Aber sonst wissen Sie nichts?«, hakt Mia noch mal nach.

Jetzt hält der Tankwart sich nacheinander beide Hände vor die Augen, dann vor die Ohren und zum Schluss vor den Mund.

»Ich weiß von nichts«, flüstert er. »Und ich habe auch nichts gesagt!«

»Schon klar«, nickt Mia. »Danke für die Info.«

Wir sind noch kaum wieder aus der Tür raus, als Mia und ich uns angucken und gleichzeitig sagen: »So dicke Geldbündel? Carlos Vater? Da stimmt was nicht!«

Okay, jetzt müsst ihr natürlich wissen, dass Carlos Vater eigentlich NIE Geld hat! Und Carlo natürlich auch nicht. Weil die Pizzeria nämlich nicht besonders gut läuft. Es ist so ähnlich wie mit Onkel Tonis Hotel. Die meisten Feriengäste gehen lieber irgendwohin, wo es gleich im Haus auch ein Schwimmbad gibt. Oder wo beim Abendessen ein paar Kellner im Frack um sie herumwuseln und nicht nur Carlos Vater mit seiner fleckigen Schürze ganz alleine in der Küche steht und zwischendurch auch noch bedient. Egal wie gut die Pizza ist.

Mia und ich haben jedenfalls keine Ahnung, woher Carlos Vater plötzlich so viel Geld haben soll.

Aber bevor wir dazu kommen, über die ganze Sache genauer nachzudenken, ruft Mia: »Mist, wir müssen ja den neuen Gast abholen!« Sie blickt auf ihre Uhr. »Der Bus ist genau vor einer Minute angekommen. Los, wenn wir rennen, erwischen wir den Typen vielleicht gerade noch, bevor er sich alleine auf den Weg macht und wir Ärger kriegen. Wir reden nachher weiter über Carlo, okay?«

Schaffen es Mia und Max noch rechtzeitig, den neuen Gast zu treffen?
Lies morgen weiter.

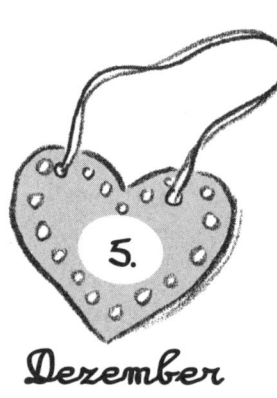

5.

Dezember

Also falls euch das vielleicht nicht ganz klar sein sollte, will ich es hier lieber noch mal erwähnen: Bei tiefem Schnee bergauf zu rennen, dauert deutlich länger, als mit dem Schlitten von oben runterzubrettern. Vor allem wenn man auch noch ein Berner Sennenhundmonster dabei hat, das vor Freude über den lustigen Ausflug immer wieder an einem hochspringt! Und wer mir jetzt nicht glaubt, kann es gerne selber mal versuchen. Aber beschwert euch hinterher nicht bei mir, wenn ihr dann schwitzt und keucht und sich eure Beine anfühlen wie aus Gummi – und ihr trotzdem zu spät kommt!

Genau wie Mia und ich. Aber das war ja eigentlich klar, schließlich war es schon zu spät, als wir noch unten an der Tankstelle waren. Und wir hätten nur eine Chance gehabt, wenn der Bus vielleicht im Schnee stecken geblieben wäre. Oder der Busfahrer unser Dorf nicht gefunden hätte. Oder alle Leute im Bus plötzlich hätten pinkeln müssen! Weshalb der Bus angehalten und die Pinkelpause genau so lange gedauert hätte, bis Mia und ich endlich an der Haltestelle waren …

»Vielleicht haben wir Glück und der Bus ist auch zu spät«, sagt Mia und blickt hoffnungsvoll in die Richtung, aus der der Bus kommen müsste, wenn er nicht längst da gewesen wäre.

»Vergiss es«, sage ich und zeige auf den Schnee, der auf der Straße liegt. Die dicken Reifenspuren, die erst zur Haltestelle hin- und dann wieder wegführen, sind deutlich zu sehen. Genauso wie die Fußspuren der Leute, die ausgestiegen sind. Nur die Leute selber sind nicht mehr da. Leider. Und leider auch kein neuer Hotelgast, der mit seinen Koffern frierend am Straßenrand steht und darauf wartet, dass wir ihn abholen, bevor er aussieht wie ein Schneemann. Oder festgefroren ist!

»Guck mal da drüben! Ist er das vielleicht?«

Mia zeigt zu dem Skigeschäft hinüber. Vor dem Schaufenster steht ein Mann und betrachtet das Schild mit der Aufschrift:

SONDERVERKAUF! ALLES ZUM HALBEN PREIS!

»Ist er nicht«, sage ich. »Oder siehst du irgendwo seine Koffer?«

»Stimmt«, meint Mia. »Aber wir können ihn wenigstens fragen, ob er vielleicht jemanden mit Koffern gesehen hat.«

Typisch Mia, denke ich noch, als sie schon über die Straße geht. Als ob die Sache nicht klar wäre! Unser Gast hat seine Koffer natürlich längst alleine zum Hotel geschleppt. Wo er sich jetzt wahrscheinlich gerade darüber beschwert, dass er nicht abgeholt worden ist. Und Mia will nur den Zeitpunkt noch ein bisschen rauszögern, bis wir selber zurück ins Hotel kommen und uns einen Anpfiff von Onkel Toni einhandeln.

Aber vielleicht hat sie ja recht. Wenn wir zum Beispiel so lange rumtrödeln, dass wir erst zum Abendessen zurück sind, dann muss Onkel Toni in der Küche helfen und hat gar keine Zeit mehr, um sich über uns aufzuregen!

Als ich hinter Mia her über die Straße komme, höre ich gerade noch, wie sie fragt: »Ist da jemand mit Koffern aus dem Bus gestiegen, der irgendwie so aussah, als würde er darauf warten, dass er abgeholt wird?«

»Nein, mit Koffern war da niemand«, erwidert der Mann, ohne Mia überhaupt anzusehen.

»Okay, danke.«

Mia zuckt mit den Schultern und blickt ratlos zu mir. Aber ich weiß auch nicht, was wir jetzt machen sollen.

Eine Weile stehen wir neben dem Mann und helfen ihm erst mal dabei, auf das Schaufenster zu starren. Und es dauert einen Moment, bis ich kapiere, dass sie im Skigeschäft also nicht nur die bescheuerten Elchmützen zum halben Preis verkaufen, sondern auch alles andere. Skier, Skistiefel, Helme –

einfach alles! Was doch irgendwie komisch ist, denke ich, weil kein Laden einen Sonderverkauf macht, noch BEVOR die Wintergäste überhaupt angekommen sind. Es sei denn, überlege ich weiter, der Laden will zumachen. Und schnell noch alles verkaufen, weil der Ladenbesitzer die Sachen nicht mehr braucht, wenn er sowieso… WEGZIEHT!

Ich will gerade Mia fragen, was sie von meinem Gedanken hält, als Caruso anfängt zu knurren. Bisher saß er nur brav auf seinem Hinterteil und hat sich ebenfalls das Schaufenster angesehen. Aber jetzt schnüffelt er an den Hosenbeinen des fremden Mannes neben uns – und knurrt!

»'tschuldigung«, sage ich und ziehe Caruso ein Stück zur Seite. Aber er knurrt immer noch und zerrt an der Leine. Irgendwas an dem Mann scheint ihm nicht zu gefallen! Aber ich weiß beim besten Willen nicht, was das sein könnte.

Ich finde, der Mann sieht ganz normal aus. Einfach ein Feriengast, der sich nur offensichtlich nicht entscheiden kann, ob er sich eine Elchmütze kaufen soll oder ein Paar Skier oder beides. Oder auch gleich den ganzen Laden!

Mia nickt mir mit dem Kopf zu, dass wir abhauen sollen.

»Tschüss«, sage ich also zu dem Mann. »War nett, mit Ihnen zu reden. Vielleicht können wir das ja bei Gelegenheit wiederholen, man trifft viel zu selten Leute, mit denen man sich so gut unterhalten kann.«

Nein, das sage ich natürlich nicht. Ich sage auch noch nicht mal »tschüss«, aber der Mann dreht sich plötzlich trotzdem zu uns um. Und starrt uns ungefähr so an wie vorher das Schaufenster. Und dann fragt er: »Wohnt ihr hier irgendwo?«

»Klar«, sagt Mia. »Vom Mond kommen wir jedenfalls nicht.«

Also, Leute, das sagt sie wirklich! Manchmal ist sie so. Weshalb Onkel Toni auch meint, dass es deutlich besser ist, wenn sie nicht allzu viel mit unseren Hotelgästen redet.

Aber der Mann scheint ihr die Antwort nicht übel zu nehmen. Oder er hat nur halb hingehört. Jedenfalls sagt er nur: »Dann könnt ihr mir ja vielleicht auch erklären, wie ich am besten zu meinem Hotel komme. Es heißt ‚Bei Toni' und muss hier irgendwo in der Nähe sein, aber ich kenne mich nicht aus, weil ich gerade erst angekommen bin.«

»Äh …«, fängt Mia an zu stottern. »Dann sind Sie …«

»D…d…der neue Gast?«, stottere ich. »Der … den wir abholen sollten?«

»Großmann«, stellt er sich vor und streckt uns die Hand hin. »Und ich komme auch nicht vom Mond!«

Er hat Mias Antwort also doch gehört! Und wenn wir Pech haben, beschwert er sich bei Onkel Toni nicht nur, dass wir zu spät gekommen sind, sondern auch, dass wir frech waren.

»Mia«, sagt Mia schnell und bemüht sich eindeutig, jetzt einen möglichst guten Eindruck zu hinterlassen. Sie macht sogar so was wie einen Knicks!

»Max«, sage ich. Allerdings ohne Knicks.

»Und Caruso«, sagt Mia. »Aber er tut nichts, und eigentlich knurrt er auch nicht, ich weiß nicht, was er gerade hat.«

»Vielleicht riecht er meine Katze, die ich zu Hause habe«, erklärt der Mann. »Also, können wir jetzt los? Mir wird langsam kalt.«

»Und … wo ist Ihr Gepäck?«, kriege ich immerhin noch raus. »Also die Koffer und so, meine ich …«

»Mein Gepäck wird heute Abend von meinem Chauffeur gebracht.«

»Klar, logisch«, sagt Mia und wirft mir schnell einen Blick zu, der so ungefähr sagen soll: »Hä? Ich kapiere gar nichts!«

Was ist der neue Gast für ein Typ?
Lies morgen weiter!

6.

Dezember

Heute ist der 6. Dezember! Nikolaustag. Okay, das wisst ihr wahrscheinlich selber, weil ihr ja auch einen Kalender habt. Und vielleicht habt ihr sogar einen Stiefel vor die Tür gestellt, in den der Nikolaus seine Geschenke packen sollte. Und, hat's geklappt? War was drin heute Morgen? Gut, dann habt ihr ja Glück gehabt und der Nikolaus hat euch nicht vergessen …

Nein, keine Panik, mit mir ist alles in Ordnung, ich weiß natürlich, dass es den Nikolaus gar nicht wirklich gibt. Mia weiß es auch. Bei Caruso bin ich mir nicht so sicher, aber es ist ihm auch völlig egal, solange er nur einen Extraknochen bekommt. Und zwar von Oma Schröder, die nämlich bei uns den Nikolaus spielt!

Schon klar, jetzt fragt ihr euch wahrscheinlich, wer Oma Schröder überhaupt ist. Und das ist gar nicht so einfach zu erklären, aber ich versuche es trotzdem. Also, Oma Schröder war letztes Jahr zu Weihnachten als Gast hier. Und dann hat es ihr so gut bei uns gefallen, dass sie einfach dageblieben ist. Auch als Weihnachten schon längst vorbei war! Inzwischen ist sie kein Gast mehr, sondern sie arbeitet hier. Als »Empfangsdame«, wie Onkel Toni gerne sagt. Was allerdings ein bisschen übertrieben ist, weil man ja nun nicht gerade sagen kann, wir hätten so viele Gäste, dass wir unbedingt eine Empfangsdame brauchen würden.

Aber Oma Schröder nimmt ihre Aufgabe trotzdem sehr ernst. Sie geht ans Telefon, wenn es klingelt, und sagt: »Hier Hotel ‚Bei Toni'! Was kann ich für Sie tun?«

Wenn ein neuer Gast kommt, sagt sie: »Willkommen im Hotel ‚Bei Toni'. Ich wünsche Ihnen einen schönen Aufenthalt.«

Und falls ein Gast mal seine Zimmernummer vergessen hat – Oma Schröder weiß sie und gibt ihm den richtigen Schlüssel. Natürlich weiß sie inzwischen auch, wo die verschiedenen Geschäfte im Dorf sind. Oder wie man am schnellsten zum Skilift kommt. Natürlich nicht zu dem alten, der nicht mehr funktioniert, sondern zur Seilbahn, die vom

Dorf auf den Berg führt. Und wenn ein Gast tagsüber so viel Hunger hat, dass er nicht mehr warten will, bis meine Mutter die Küche öffnet, dann erklärt ihm Oma Schröder, wo es auch mittags schon die beste Pizza gibt.

Und das war das Stichwort, auf das ihr wahrscheinlich alle wartet: Pizza! Weil Oma Schröder jetzt ja niemanden mehr zu Carlos Pizzeria schicken kann, seit Carlo und sein Vater plötzlich verschwunden sind. Und ihr erinnert euch hoffentlich auch noch, dass Mia und ich gerade dabei waren, mehr darüber herauszufinden, was eigentlich los ist. Weshalb wir fast den neuen Gast verpasst hätten, den wir an der Bushaltestelle abholen sollten. Aber eben auch nur fast, weil er dann vorm Schaufenster des Skigeschäftes stand und der Richtige war, obwohl er keine Koffer dabei hatte.

Jedenfalls haben wir die Koffer, die er nicht hatte, auf den Schlitten gepackt und sind losgezogen. Nein, vergesst es, das sollte nur ein Witz sein! Wir haben also den LEEREN Schlitten hinter uns hergezogen und versucht, auf dem Weg zum Hotel ein bisschen Smalltalk zu machen. Das ist so was, was uns Onkel Toni beigebracht hat: »Man labert einfach so vor sich hin, völlig egal was. Wichtig ist nur, dass man freundlich ist und der Gast das Gefühl hat, er könnte sich wirklich freuen, dass er da ist.«

Was allerdings mit Herrn Großmann gar nicht so einfach war. Obwohl wir uns echt Mühe gegeben haben!

Ich habe zum Beispiel gesagt: »Das da drüben ist der alte Skilift, aber der funktioniert schon seit Jahren nicht mehr.«

Und Mia hat gesagt: »Und das da war mal Carlos Pizzeria, aber im Moment ist sie geschlossen, weil Carlo und sein Vater nicht mehr hier sind.«

Herr Großmann hat nur genickt und nichts gesagt. Und ich hatte fast das Gefühl, dass er schon alles wusste, was wir ihm erzählt haben! Was ja aber gar nicht sein konnte, weil er zum

ersten Mal in Unterberg war. Hat er zumindest behauptet, als Mia gefragt hat: »Freuen Sie sich, dass Sie hier sind?«

»Das weiß ich noch nicht. Ich bin ja zum ersten Mal in eurem Dorf. Aber man kann wohl kaum behaupten, dass das Angebot für die Touristen hier besonders überzeugend wäre. Mit einem kaputten Skilift und einer Pizzeria, die geschlossen hat, werdet ihr jedenfalls keine Gäste herlocken.«

Mia und ich fanden das eigentlich ziemlich unverschämt, weil er ja überhaupt keine Ahnung hatte. Aber bevor ich noch erzählen konnte, dass wir natürlich auch eine Seilbahn haben, die funktioniert, hat Herr Großmann plötzlich angefangen, uns auszufragen:

»Läuft euer Hotel eigentlich gut?«, wollte er wissen.

»Sehr gut!«, hat Mia schnell behauptet. »Im Moment ist zwar noch nicht so viel los, aber zu Weihnachten und Silvester sind wir jetzt schon ausgebucht.«

»Und außerdem kocht unsere Mutter so ziemlich das beste Essen, dass es in der ganzen Gegend gibt«, habe ich noch hinzugesetzt, um ihn ein bisschen zu beeindrucken. »Wenn Sie Glück haben, macht sie heute Abend vielleicht sogar ihre weltberühmten Germknödel für Sie!«

Aber er hat nur gefragt: »Eure Mutter steht in der Küche?«

»Und der Hotelbesitzer ist unser Onkel!«, hat Mia stolz erklärt.

»Dann seid ihr also ein Familienbetrieb, ich verstehe.«

So, wie er allerdings Familienbetrieb gesagt hat, klang es eher, als könnte ein Hotel, in dem alle aus einer Familie kommen, nicht besonders gut sein.

Weshalb ich auch gleich gesagt habe: »Unsere Empfangsdame gehört nicht zur Familie.«

Jetzt war er eindeutig verblüfft. »Eure Empfangsdame?«, hat er gefragt, als ob er mich nicht richtig verstanden hätte.

»Sie werden sie gleich kennenlernen. Da vorne ist schon unser Hotel.«

Und Oma Schröder hat sich auch richtig ins Zeug gelegt, als wir zur Tür reinkamen. Sie hat Herrn Großmann sogar gleich mit Namen angeredet!

»Willkommen im Hotel ‚Bei Toni', Herr Großmann«, hat sie geflötet. »Wir haben Sie schon erwartet und freuen uns, dass Sie uns beehren. Wir haben das beste Zimmer für Sie reserviert. Ich wünsche Ihnen einen schönen Aufenthalt!«

Dann hat sie Herrn Großmann die Schlüssel gegeben und wir haben ihm sein Zimmer gezeigt.

»Abendessen gibt's um halb acht«, hat Mia gesagt.

»Danke, aber ich habe schon gegessen«, hat er geantwortet. »Und ich möchte bitte nicht mehr gestört werden, bis mein Chauffeur die Koffer bringt. Ich habe zu arbeiten!«

Das war das Letzte, was wir von ihm gehört haben, bevor dann eine Stunde später der schwarze Mercedes vorm Hotel gehalten hat.

Der Chauffeur hatte eine Uniform an, mit einer Schirmmütze, und war noch ziemlich jung. Aber nicht besonders nett!

Er hat weder »Guten Abend« noch sonst irgendwas gesagt, sondern nur nach der Zimmernummer gefragt und die Koffer nach oben gebracht. Zwei ziemlich große Koffer. Und eine Tasche, in der garantiert ein Laptop steckte. Außerdem noch eine große Papröhre, wie man sie benutzt, um Poster zu transportieren, die nicht geknickt werden dürfen. Keine zehn Minuten später war der unfreundliche Chauffeur schon wieder verschwunden. Und Mia und ich hatten nicht die geringste Ahnung, dass es am nächsten Morgen noch viel merkwürdiger werden würde…

Was ist am nächsten Morgen passiert?
Lies morgen weiter!

7.

Dezember

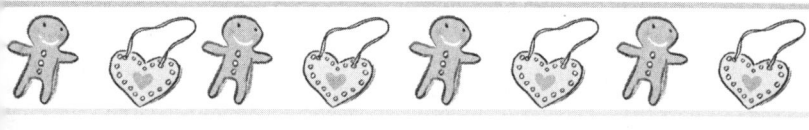

Natürlich haben Mia und ich die halbe Nacht hin und her überlegt, was hier eigentlich läuft. Man könnte auch sagen: Wir haben echt nicht mehr durchgeblickt! Weshalb wir dann auch versucht haben, erst mal eine Liste zu schreiben, was wir wussten und was nicht.

Und gleich heute Morgen haben wir uns wieder bei mir im Zimmer getroffen. Noch vor dem Frühstück, als Onkel Toni gerade erst angefangen hat, vor der Tür Schnee zu schippen, und Andrea noch unter der Dusche stand. Was bei ihr immer mindestens eine halbe Stunde dauert, bevor sie so weit ist, dass sie die Augen aufkriegt und in der Küche nicht das Salz mit dem Zucker verwechselt oder so was.

Andrea ist unsere Mutter, aber das war jetzt schon klar, oder?

Andrea steht also unter der Dusche, Onkel Toni schippt Schnee und Caruso träumt mit zuckenden Pfoten davon, dass wir gleich mit ihm rausgehen und er sich durch den Schneehaufen wühlen kann, den Onkel Toni gerade mühsam auftürmt.

Und Mia und ich starren auf unsere Liste!

Die Liste sieht ungefähr so aus:

Was wir wissen
Carlo ist verschwunden, ohne uns was zu sagen.

Carlo darf nichts sagen, weil ihm das irgendjemand verboten hat.

Carlo und sein Vater sind nach Italien unterwegs.

Carlo und sein Vater sind nicht entführt worden, weil Carlo sein Snowboard mitgenommen hat.

Carlos Vater hat plötzlich sehr viel Geld.

Carlos Handy ist ausgeschaltet.

Die Frau in dem Haus neben der Pizzeria zieht auch weg, aber nur ins Altersheim.

Sie will aber nichts darüber erzählen. Als ob sie Angst hätte!

Der Tankwart ist ein Witzbold, hat aber nichts damit zu tun.

Herr Großmann ist ein komischer Typ.

Sein Chauffeur ist auch komisch. Und unfreundlich!

Was wir nicht wissen
Was hier eigentlich los ist.

Ob es einen Zusammenhang gibt zwischen dem Verschwinden von Carlo und der Frau von nebenan, die ins Altersheim geht.

Wieso Herr Großmann am selben Tag aufgetaucht ist, an dem Carlo verschwunden ist. Und ob er was damit zu tun hat.

»Wir wissen noch was«, erklärt Mia jetzt. »Nämlich dass sie im Skigeschäft jetzt alles zum halben Preis verkaufen.«

»Ist mir auch aufgefallen«, nicke ich.

»Und welche Schlüsse zieht Sherlock Holmes daraus?«

»Dass ein Laden eigentlich nur dann alles im Sonderangebot verkauft, wenn er zumachen will.«

»Bingo! Womit ja wohl auch klar ist, was wir heute rauskriegen müssen. Mann, Mann, vielleicht ist es das, was Carlo in seiner komischen SMS gemeint hat! Im Dorf passiert was, was nicht gut ist, hat er doch geschrieben. Vielleicht hauen sie alle ab!«

»Aber warum?«

»Eben, das ist genau die Frage! Aber es würde passen, kapierst du nicht?«

»Nee«, antworte ich ganz ehrlich, obwohl ich ja schon in dieselbe Richtung gedacht habe. Aber es ergibt keinen Sinn!

»Und was ist dann mit diesem Herrn Großmann?«, frage ich jetzt.

»Vergiss den Typen«, erklärt Mia. »Er ist einfach mal wieder irgendein komischer Gast, davon hatten wir ja schon jede

Menge. – Klar, stimmt schon«, setzt sie hinzu, als sie mein Gesicht sieht. »Irgendwas ist faul mit ihm, das glaube ich auch. Aber das können wir später noch rauskriegen. Das andere ist erst mal wichtiger, schließlich geht es um Carlo. Und Carlo ist unser Freund!«

Und dann ist es bereits so spät, dass wir keine Zeit mehr haben, um noch lange weiter zu überlegen. Eigentlich haben wir noch nicht mal mehr Zeit, um zu frühstücken! Weil wir ja auch zur Schule müssen. Wo heute nämlich besprochen werden soll, wer beim Krippenspiel zu Weihnachten mitmacht. Und wenn wir nicht nur eine Nebenrolle als Esel oder Kuh kriegen wollen, dann sollten wir uns echt beeilen!

Wir packen also schnell unsere Sachen zusammen und löffeln im Stehen unser Müsli in der Küche. Als Andrea vom Duschen kommt, will sie als Erstes wissen, ob wir inzwischen etwas Neues von Carlo gehört haben. Wir haben ihr gestern nur erzählt, dass die Pizzeria geschlossen hat, weil Carlo und sein Vater nach Italien gefahren sind. Ohne uns etwas davon zu sagen! Die komische SMS von Carlo haben wir nicht erwähnt, weil es manchmal auch besser ist, wenn Andrea nicht alles weiß. Sonst würde sie sich nur Sorgen machen, dass wir vielleicht wieder in so eine Geschichte reinschlittern wie bei der Sache mit den Einbrechern im letzten Jahr. Und wenn Andrea erst mal anfängt sich Sorgen zu machen, heißt das auch, dass wir kaum noch einen Schritt machen können, ohne dass sie fragt, wo wir hinwollen …

Deshalb antwortet Mia jetzt auch nur mit vollem Mund:

»Carlos Handy ist ausgeschaltet, wir können ihn nicht erreichen. Aber er meldet sich bestimmt bald, da bin ich mir sicher.«

»Hoffentlich«, sagt Andrea kopfschüttelnd. »Ich habe schon mit Onkel Toni darüber gesprochen, aber er hat auch keine Ahnung, was da los ist.«

»Heute kriegen wir übrigens unsere Rollen für das Krippenspiel!«, wechsle ich vorsichtshalber das Thema. »Vielleicht darf ich ja den Josef spielen. Nähst du mir dann ein schönes Kostüm?«

Meine Mutter reißt entsetzt die Augen auf. Das Problem ist nämlich, dass sie gar nicht nähen kann! Weshalb wir auch irgendwelche Risse oder Löcher in unseren Jeans immer mit Klebeband flicken. Das ist ein Trick von Onkel Toni, noch aus der Zeit, als er als Schauspieler am Theater war, wo sie alles mit Klebeband geflickt haben. Behauptet zumindest Onkel Toni!

»Ihr wisst genau, dass …«, stammelt Andrea. Um im nächsten Moment ganz ernsthaft zu sagen: »Nee, Max, bewirb dich mal eher für die Rolle als Jesuskind, dann brauchst du auch kein Kostüm. Und jetzt macht endlich, dass ihr wegkommt!«

»Äh …«, setzt Mia an und schielt dabei ziemlich auffällig zu Caruso hinüber, der schon die ganze Zeit schwanzwedelnd vor der Tür hockt.

»Ich lasse ihn raus«, verspricht Andrea. »Beeilt euch lieber, damit die besten Rollen nicht schon weg sind.«

Und dann kommen wir gerade über den Hügel und wollen auf die Straße zum Dorf einbiegen, als wir beide gleichzeitig mit einem Ruck stehen bleiben. So ungefähr wie zwei Leute, die gegen eine unsichtbare Mauer gerannt sind! Und die jetzt mit offenem Mund auf etwas starren, was sie überhaupt nicht kapieren.

Aber ihr irrt euch, wenn ihr glaubt, dass plötzlich Carlo wieder zurück ist. Und es hat auch nichts mit Carlos Nachbarin oder dem Skigeschäft zu tun.

Was haben Mia und Max gerade gesehen?
Lies morgen weiter!

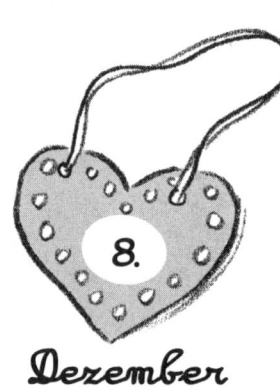

8.

Dezember

Ich will es kurz machen, Leute, um euch nicht unnötig auf die Folter zu spannen. Also, ihr müsst euch das so vorstellen: An der Straße unter unserem Hügel kommt erst mal gar nichts, dann ein ziemlich protziges Hotel, dann Carlos Pizzeria mit dem Haus der alten Frau dahinter und dann noch ein Hotel, mit dem Skigeschäft im Erdgeschoss, der Bushaltestelle auf der anderen Straßenseite und dem alten Skilift, der nicht mehr funktioniert. Und gleich hinter dem kaputten Skilift ist ein Bauernhof mit einem Kuhstall. Wobei der Kuhstall nicht nur so ein kleiner, klappriger Schuppen ist wie in der Geschichte von Maria und Josef, sondern größer als das Bauernhaus selber! Ein bisschen wie ein Hotel für Kühe, allerdings ohne Empfangsdame. Aber dafür mit genug Platz für fast vierzig Kühe. Achtunddreißig, um ganz genau zu sein. Mia und ich haben sie nämlich schon mal gezählt, im Sommer, als sie alle draußen auf der Wiese unter dem alten Skilift standen und sich an den rostigen Pfeilern gescheuert haben.

Jetzt im Winter sind sie natürlich im Stall. Eigentlich. Und eigentlich steht auch kein Riesenlaster mit der Aufschrift ACHTUNG! TIERTRANSPORT! vor der Tür. Und der Bauer treibt auch nicht eine Kuh nach der anderen in den Anhänger, so wie jetzt gerade …

Ich nehme mal an, dass ihr dasselbe denkt wie Mia und ich. Und wahrscheinlich auch in der gleichen Reihenfolge!

Ist ja komisch.

Was soll das?

Hier stimmt was nicht!

Gerade kommt der Bus, mit dem wir sonst immer bis zur Schule fahren. Aber sonst werden ja auch keine Kühe in einen Laster geladen. Weshalb wir uns nur kurz anblicken und entscheiden, dass es egal ist, wenn wir im Krippenspiel nur noch zwei Nebenrollen bekommen. Als Kühe zum Beispiel, die von den Heiligen Drei Königen aus dem Stall getrieben werden, weil Maria und Josef gerne ein bisschen mehr Platz zum Spielen für den kleinen Jesus hätten.

Wir winken also dem Busfahrer nur kurz zu und laufen zum Kuhstall. Dann versuchen wir, mit unseren Schuhen möglichst nicht in die dampfenden Haufen zu treten, die die Kühe ständig hinter sich fallen lassen. Was uns leider nicht wirklich gelingt. Aber richtig schwierig wird es erst, als der Fleischhauer Alois uns entdeckt.

Der Fleischhauer Alois ist der Kuhbauer. Wir kennen ihn natürlich, weil wir unsere Milch bei ihm holen. Deshalb wissen wir auch, dass es keinen Sinn hat, sich mit ihm unterhalten zu wollen. Weil es völlig egal ist, was er sagt – wir verstehen ihn sowieso nicht! Er hat nämlich kaum noch Zähne im Mund, weshalb er ganz fürchterlich nuschelt, vor allem aber spricht er nur Dialekt! Und ihr könnt mir glauben, Leute, der Dialekt von den Alten hier im Dorf ist für Großstädter auch dann absolut unverständlich, wenn sie noch alle Zähne im Mund haben.

Wenn wir nur Milch holen, klappt es einigermaßen. Wir sagen einfach: »Hallo, wir wollen die Milch holen«, und er nuschelt irgendwas, was wir nicht verstehen, und stellt uns die Milchkannen hin.

Aber jetzt hilft es alles nichts, wir MÜSSEN mit ihm reden! Und schon der Anfang unseres Gesprächs verläuft nicht gerade vielversprechend…

»*Koamilchheut*«, nuschelt der Bauer, während er eine Kuh so dicht an uns vorbeiführt, dass sie uns fast umrennt.

»Wo kommen die Kühe denn hin?«, fragt Mia so laut, als ob der Bauer nicht nur nuschelte, sondern außerdem schwerhörig wäre.

»Weg. *Verkafft*.«

Na gut, die Kühe hat er verkauft, das haben wir immerhin verstanden.

»Aber warum?«, frage ich jetzt.

Und bekomme keine Antwort! Erst als der Bauer die Kuh über die schräge Rampe in den Anhänger geschoben hat und zurück zum Stall stapft, nuschelt er im Vorbeigehen: »*Igeoa!*«

Und das war's. Ende der kleinen Unterhaltung mit dem Fleischhauer Alois.

Mia zieht mich ein Stück zur Seite. »Hast du dasselbe verstanden wie ich?«

»Igeoa.«

Meine Schwester nickt und legt ihre Stirn in Falten, als würde sie angestrengt nachdenken. Dann grinst sie plötzlich.

»Ich hab's! Das war nicht irgendein komisches Wort, sondern ein ganzer Satz: *I geh oa. Ich gehe auch!* Kapiert?«

»Du meinst …«

»Allerdings!« Sie nickt jetzt so heftig, dass das Stoffgeweih auf ihrer Mütze hin und her wackelt wie zwei Antennen. »Er haut ab. Er hat die Kühe verkauft und wahrscheinlich auch seinen Hof und … haut ab!«, wiederholt sie.

»Genau wie Carlo und sein Vater«, überlege ich laut. »Und dann haben sie vielleicht ihre Pizzeria auch verkauft! Das wäre zumindest eine Erklärung dafür, dass Carlos Vater an der Tankstelle so viel Geld bei sich hatte.«

Mia zeigt zum Skigeschäft hinüber. »Und dann haben wir auch recht damit, dass das Skigeschäft zumachen will. Nur deshalb gibt es diese Sonderangebote. Weil sie vorher noch alles loswerden wollen!«

Mia und ich blicken uns ratlos an.

Der Fleischhauer Alois treibt gerade die letzte Kuh in den Anhänger. Plötzlich taucht auch der Fahrer des Lasters auf und klappt die Laderampe hoch, bevor er dem Bauern zum

Abschied die Hand schüttelt und wieder ins Führerhaus steigt. Als er den Motor anlässt, kommen dicke Qualmwolken aus dem Auspuff, die uns für einen Moment die Sicht verdecken. Und als der Laster dann ganz langsam den Berg runterzockelt, sehen wir gerade noch, wie der Fleischhauer Alois mit krummen Schultern ins Haus latscht.

Besonders fröhlich wirkt er jedenfalls nicht! Eher so, als ob es ihm leidtäte, dass er alles verkauft hat und demnächst verschwinden wird. Oder er hat seinen Hof vielleicht gar nicht freiwillig verkauft, denke ich noch, sondern jemand hat ihn dazu gezwungen. Obwohl das natürlich Quatsch ist. Warum sollte jemand Geld dafür bezahlen, dass ein paar Leute aus dem Dorf verschwinden?

»Es hilft nichts«, erklärt Mia laut mitten in meine Gedanken hinein. »Wir müssen wahrscheinlich doch mit Onkel Toni reden und ihm alles erzählen. Vielleicht hat er irgendeine Idee, was das Ganze zu bedeuten hat.«

»Und vorher müssen wir leider noch zur Schule«, sage ich und zeige auf den nächsten Bus, der gerade kommt.

Gut, ich will es kurz machen. Von der Schule gibt es nicht viel zu erzählen, außer dass wir gar keine Rollen für das Krippenspiel verteilt haben. Weil unsere Lehrerin krank war! Und die Hälfte unserer Klasse lag auch mit Grippe im Bett. Weshalb wir nur kurz Englisch hatten und dann wieder nach Hause durften. Und wir kommen gerade bei uns im Hotel an, als wir schon an der Tür hören, dass es Streit gibt!

Wer streitet sich bei Onkel Toni im Hotel?
Lies morgen weiter!

9.

Dezember

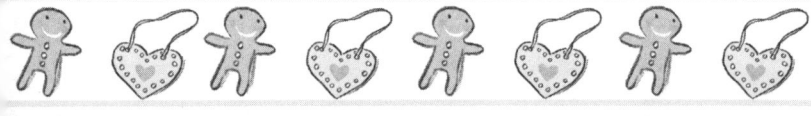

Also, wer streitet sich? Ich mach euch mal ein paar Vorschläge:

Oma Schröder mit dem neuen Gast, Herrn Großmann
Oma Schröder mit Onkel Toni
Meine Mutter mit Onkel Toni
Ich mit Mia

Gut, stimmt, das Letzte ist natürlich Blödsinn. Das habe ich auch nur hingeschrieben, um zu sehen, ob ihr überhaupt aufpasst. Aber Mia und ich hören ja von DRAUSSEN, wie sich DRINNEN jemand streitet. Und die richtige Antwort ist: Meine Mutter streitet sich mit Onkel Toni!

Mia und ich kommen also zur Tür rein und sehen, wie meine Mutter mit hochrotem Kopf vor Onkel Toni steht. Und Onkel Tonis Kopf ist mindestens genauso hochrot. Während Oma Schröder eher bleich wirkt und aussieht, als würde sie sich am liebsten ganz klein machen und hinter dem Tresen mit dem Telefon verstecken. Wo aber schon Caruso liegt und leise winselt, weil er es überhaupt nicht mag, wenn es Streit gibt.

»Ohne mich!«, erklärt meine Mutter gerade. »Das mache ich nicht mit.«

»Ich bin ja wohl immer noch der Chef hier«, erwidert Onkel Toni. »Und wenn ich sage, dass das so gemacht wird, dann …«

»Dann kündige ich«, unterbricht ihn meine Mutter. »Dann kannst du dir ja jemand anderen als Köchin suchen.«

Die Sache ist klar. Meine Mutter ist wütend. Und zwar richtig wütend!

»Bitte, Andrea, das ist doch jetzt wirklich albern!«, versucht Onkel Toni sie zu beruhigen. »Ich verstehe überhaupt nicht, wo das Problem sein soll. Was ist denn so furchtbar daran, einen Shepherd's Pie zu machen?«

»Steht nicht auf der Speisekarte, ganz einfach. Dieser aufgeblasene Blödmann soll bloß nicht glauben, dass er was Besonderes will! Er ist ein Gast wie jeder andere und soll sich gefälligst auch so benehmen.«

»Halt, das stimmt nicht ganz«, wendet Onkel Toni ein. »Denk bitte daran, dass er für einen Monat im Voraus bezahlt und gesagt hat, wenn es ihm gefällt, bleibt er sogar noch länger! So einen Gast finden wir so schnell nicht wieder, da können wir doch wohl mal eine Ausnahme machen …«

»Können wir nicht«, erklärt meine Mutter. »Das Nächste ist dann nämlich, dass er plötzlich nicht mehr im Gastraum essen möchte, sondern wir ihm auch noch alles aufs Zimmer bringen sollen! Was ist? Was hast du?«, fragt sie, als sie sieht, wie Onkel Toni nur auf seine Schuhspitzen starrt. »Nein, Toni, sag, dass das jetzt nicht wahr ist, sonst flippe ich nämlich aus!«

»Na ja, äh …«, windet sich Onkel Toni. »Also er hat wirklich sehr freundlich darum gebeten, weil er … ein bisschen kontaktscheu ist, hat er gesagt, und nicht so gerne mit anderen Leuten zusammen in einem Raum sitzt. Aber er würde es selbstverständlich auch extra bezahlen!«, setzt er noch schnell hinzu.

Andrea starrt Onkel Toni für einen Moment mit offenem Mund an. »Was ist los mit dir?«, fragt sie dann leise. »Geht es dir wirklich nur noch ums Geld? Ist das alles, was dich interessiert?«

Onkel Toni zuckt mit der Schulter.

»Wir haben ein Hotel. Und der Gast ist König! Wenn er Sonderwünsche hat und dafür bezahlt, ist daran nichts auszusetzen.«

»Papperlapapp«, sagt meine Mutter nur und will sich gerade umdrehen, um wieder in der Küche zu verschwinden, als jemand die Treppe von oben runterkommt.

Ich schätze mal, ihr ahnt schon, wer da jetzt gleich erscheint. Und ich hoffe, ihr habt auch längst kapiert, um wen es bei

dem Streit eben ging. Um unseren neuen Gast natürlich, Herrn Großmann. Der offensichtlich für mindestens einen Monat hierbleiben will. Vielleicht auch länger. Und der schon im Voraus bezahlt hat. Aber statt Andreas Frittatensuppe und ihre berühmten Kasnocken lieber irgendwas essen will, was *Shepherd's Pie* heißt. Wovon ich zumindest noch nie was gehört habe! Und außerdem möchte er nicht mit den anderen Gästen zusammen essen, obwohl wir zurzeit nur drei weitere Gäste haben. Trotzdem sollen wir ihm diesen *Sherpherd's Pie* aufs Zimmer bringen. Jedenfalls wenn es nach Onkel Toni ginge. Tut es aber nicht, wie wir eben ja deutlich gehört haben …

Also, Herr Großmann kommt die Treppe runter.

Und Onkel Toni sagt: »Herr Großmann! Schön, Sie zu sehen. Ich hoffe, es ist alles zu Ihrem Wohlgefallen?«

Mann, Mann, denke ich, Onkel Toni benimmt sich ja wie der größte Schleimer bei uns in der Klasse! Der Schachtelhuber Xaver. Der unserer Lehrerin immer die Tür aufmacht, wenn sie in die Klasse kommt, und ihr dann auch noch den Stuhl zurechtrückt.

Meine Mutter muss gerade etwas Ähnliches gedacht haben. Aber sie sagt nichts. Sie blickt Herrn Großmann nur an, als wollte sie ihn am liebsten mit dem Kopf voran in den nächsten Schneehaufen draußen stecken.

Mia und ich sagen auch nichts.

Caruso knurrt.

Oma Schröder tut so, als wäre sie nicht da.

»Soso«, sagt Herr Großmann mit einem Blick in die Runde. »Da ist ja anscheinend die ganze Familie versammelt, was?«

»Das kann man so sagen«, bestätigt Onkel Toni. »Kleine Lagebesprechung. Speiseplan für die nächsten Tage und so was.«

»Hauptsache, ich kriege meinen Shepherd's Pie«, meint Herr Großmann. »Wenn ich von meinem Spaziergang zurück bin, werde ich sicher Hunger haben.«

»Passt schon«, nickt Onkel Toni. Wobei nicht klar ist, was er damit eigentlich meint. Aber wenn ich sehe, wie meine Mutter die Stirn runzelt, wäre ich mir an seiner Stelle nicht so sicher, ob überhaupt was passt!

Oma Schröder kommt hinter ihrem Tresen hervor und hält Herrn Großmann die Tür auf.

»Ich gehöre übrigens nicht zur Familie, um das klarzustellen«, sagt sie so spitz, dass ich überzeugt davon bin, sie wäre die Erste, die meiner Mutter helfen würde, Herrn Großmann kopfüber in den Schnee zu rammen.

Herr Großmann ist noch kaum zur Tür raus, als das Postauto auf dem Hof hält. Der Briefträger hat nur einen einzigen Brief dabei, den er Oma Schröder in die Hand drückt.

Ich sehe, wie sie den Umschlag von allen Seiten betrachtet. Und ärgerlich den Kopf schüttelt, während sie an uns vorbei zurück zu ihrem Tresen geht.

»Was ist los?«, will Onkel Toni wissen.

»Da steht noch nicht mal ein Absender hinten drauf«, schimpft Oma Schröder vor sich hin. »Wahrscheinlich wieder Werbung!« Sie greift nach dem Brieföffner.

»Halt, warten Sie! Zeigen Sie mal bitte!« Onkel Toni scheint plötzlich sehr nervös zu sein. Er will Oma Schröder den Umschlag aus der Hand nehmen. Aber es ist zu spät. Sie hat ihn bereits aufgerissen und starrt jetzt irritiert auf das Blatt Papier, während sie noch bleicher wird, als sie vorher war.

Was ist das für ein Brief, den der Postbote gebracht hat?
Lies morgen weiter!

10.

Dezember

W as … was bedeutet das?«, stammelt meine Mutter, als wir alle um Oma Schröder herumstehen und auf den Briefbogen starren. Sie hat ihn schnell wieder auf den Tresen gelegt, als ob sie Angst hätte, sich sonst die Finger zu verbrennen!

«Nichts«, sagt Onkel Toni und will den Brief wegnehmen. »Nur ein blöder Witz.«

Aber Andrea hält seine Hand fest. Und wir beugen uns vor, um den Text zu lesen …

Die Wörter sind aus einzelnen Buchstaben zusammengesetzt, die aus der Zeitung ausgeschnitten sind. Wie im Fernsehkrimi, wenn jemand erpresst wird.

LETZTE WARNUNG!, steht da. VERKAUF DEIN HOTEL! DU HAST NOCH ZEIT BIS WEIHNACHTEN, SONST WIRST DU ES BEREUEN. SPRICH MIT NIEMANDEM. KEINE POLIZEI!

»Hammer«, sagt Mia.

»Wie im Fernsehen!«, flüstert Oma Schröder.

»Letzte Aufforderung?«, fragt Andrea. »Heißt das, du hast schon mehrere solcher Aufforderungen bekommen?«

»Jetzt regt euch nicht auf«, erklärt Onkel Toni. »Ich sag doch, nur ein blöder Witz.«

»Hast du oder hast du nicht?«, lässt Andrea nicht locker.

»Ja, ein oder zwei. Aber ich hab sie gleich weggeworfen.«

»Und sahen die genauso aus oder stand da vielleicht ein bisschen genauer, worum es überhaupt geht? Jetzt komm schon, Toni, erzähl uns bitte alles!«

Onkel Toni holt tief Luft. »Ist schon ein paar Wochen her, dass der erste Brief kam.«

»Und? Was stand drin?«, fragt Andrea ungeduldig.

»Da hat mir jemand ziemlich viel Geld für das Hotel geboten, wenn ich möglichst schnell verkaufe.«

»Wie viel Geld?«, frage ich.

»Hunderttausend, wenn ich zustimme, und noch mal Hunderttausend, wenn der Vertrag unterschrieben ist.«

»Hammer!«, wiederholt Mia. »Zweihunderttausend...«

»Und von wem kam der Brief?«, fragt jetzt meine Mutter wieder. »Du musst doch irgendeinen Namen haben! War das eine Firma oder was?«

Onkel Toni schüttelt den Kopf. »Kein Name, nichts. Ich sollte nur eine Nachricht an eine E-Mail-Adresse schicken, wenn ich einverstanden bin. Dann würde jemand kommen und mir die erste Rate bringen, bevor wir zum Notar gehen, um den Vertrag aufzusetzen. Und dasselbe stand in dem zweiten Brief noch mal, nur dass das Angebot da schon auf Zweihundertfünfzigtausend erhöht war. Aber erstens ist das Hotel mehr wert«, setzt er hinzu. »Zweitens will ich sowieso nicht verkaufen und drittens glaube ich immer noch, dass das alles Quatsch ist. Da macht sich jemand einen blöden Witz mit mir!«

»Da droht dir jemand, dass du es bedauern wirst, wenn du nicht verkaufst«, widerspricht Andrea und tippt auf die aufgeklebten Buchstaben. »Das ist doch kein Witz mehr!«

Onkel Toni zuckt mit den Schultern. »Leeres Geschwätz! Was soll denn passieren, wenn ich nicht verkaufe?«

»Vielleicht dasselbe wie in Carlos Pizzeria«, mische ich mich in das Gespräch ein. Mio ist nämlich etwas eingefallen, während die anderen geredet haben. Und ich habe schnell mal eben eins und eins zusammengezählt und – es passt!

»Was meinst du?«, fragt Mia.

Alle blicken mich jetzt an, als ob ich gleich das Wunder vom Weihnachtsstern verkünden wollte. Aber dazu ist es noch zu früh! Noch ist nicht Weihnachten, sondern nur ein stinknormaler Tag im Dezember. An dem sich allerdings zufällig raus-

stellt, dass Onkel Toni erpresst wird. Und wenn ich richtig-liege, dann …

»Wenn ich richtigliege, Leute, dann war es bei Carlo ge-nauso«, sage ich. »Ich könnte wetten, dass Carlos Vater auch so einen Brief bekommen hat. Und wahrscheinlich hat er das Ganze ebenfalls nur für einen dummen Witz gehalten und nicht geantwortet. Aber ihr erinnert euch, dass es noch gar nicht so lange her ist, als …«

»… das Küchenfenster der Pizzeria nachts eingeschlagen wurde!«, ruft Mia.

Manchmal ist sie echt schnell, das muss ich zugeben. Sie hat sofort kapiert, worauf ich raus will! Wenn es nämlich gar kein Einbrecher war, der durch die Küche ins Haus wollte und nur gestört worden ist, dann sollte das Ganze vielleicht eine War-nung an Carlos Vater sein, dass noch mehr passieren würde, wenn er nicht verkauft.

Aber obwohl Mia mir zustimmt, als ich den anderen erkläre, was ich gerade überlegt habe, sagt Onkel Toni nur: »Unsinn, das glaube ich nicht. Das macht doch alles keinen Sinn! Und warum sollte überhaupt irgendjemand daran interessiert sein, ausgerechnet die Pizzeria und unser Hotel zu kaufen?«

»Unser Hotel …«, zählt Mia an den Fingern auf, »… die Pizzeria, das Haus von der alten Frau, das Sportgeschäft, den Bauernhof mit dem Kuhstall …«

Jetzt müssen wir natürlich erst mal erzählen, was wir inzwi-schen rausgefunden haben! Und das dauert eine ganze Weile. Leider ist Onkel Toni immer noch nicht überzeugt. Und Oma Schröder sagt wieder: »Wenn die Mafia dahintersteckt, wird es gefährlich, glaubt mir.«

Und dann meint meine Mutter plötzlich: »Wartet mal! Die Häuser, um die es geht, sind alle hier auf dem Hügel, vielleicht hat das was zu bedeuten …«

»Aber ein Haus fehlt«, erklärt Onkel Toni nachdenklich. »Und zwar der Alpenhof.«

Der Alpenhof ist das Hotel neben Carlos Pizzeria, das erst gebaut worden ist, kurz bevor wir hergekommen sind. Und eins ist mal sicher, Leute: Im Alpenhof sieht es ganz anders aus als bei uns! Da gibt es auch keine Drei-Kleiderhaken-Zimmer, in denen zwischen Bett und Waschbecken kaum genug Platz ist, um bis zum Fenster zu kommen. Sondern jedes Zimmer ist ungefähr so groß wie bei uns ein halbes Stockwerk. Außerdem haben sie ein eigenes Restaurant, in dem jede Menge Kellner mit Silbertabletts hin und her rennen. Von der Bar im Keller mit den über hundert Biersorten aus aller Welt will ich gar nicht erst anfangen. Oder von dem beheizten Schwimmbad, wo man sogar im Winter im Freien baden kann.

Mit anderen Worten: Der Alpenhof ist ein ziemlicher Angeberschuppen! Und nur was für Leute, die zu viel Geld haben, wie Onkel Toni sagt. Weshalb der Hotelchef sich so wichtig nimmt, dass er noch nicht mal grüßt, wenn er in seinem dicken Auto an einem vorbeifährt. Und im ganzen Dorf gibt es niemanden, der den Typen mag. Es weiß aber auch keiner was über ihn, nur dass er nicht von hier ist und mit niemandem redet.

»Wir müssen rauskriegen, ob sie im Alpenhof auch solche Briefe bekommen haben«, sagt meine Mutter. Und dabei blickt sie Mia und mich an!

Die Sache ist klar, oder? Nicht? Dann überlegt mal ganz schnell! Na bitte, geht doch. Mia und ich sind nämlich die Einzigen von uns, die jemanden vom Hotel Alpenhof kennen!

Wen kennen Max und Mia im Hotel Alpenhof?
Lies morgen weiter!

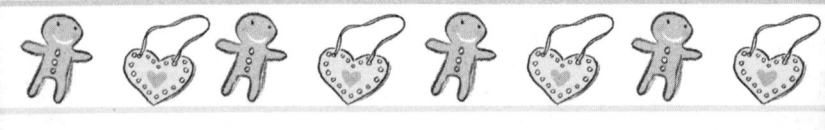

11.

Dezember

Also, Mia und ich kennen jemanden vom Alpenhof. Und zwar eine Skilehrerin! Wobei kennen vielleicht zu viel gesagt ist, aber immerhin haben wir schon mal mit ihr geredet. Neulich haben wir nämlich zugeguckt, wie sie hinter dem Hotel einen Kinderlift aufgebaut haben. Weil der Alpenhof nämlich auch eine eigene Skischule hat! Und die Skilehrerin fand Caruso ganz toll, sogar dann noch, als er an den Lift gepinkelt hat, und wir haben uns eine ganze Weile mit ihr über Hunde unterhalten.

Weshalb sie auch jetzt als Erstes fragt: »Habt ihr euren Hund heute gar nicht dabei?«

»Nee, Caruso ist mal wieder abgehauen«, schwindelt Mia drauflos. »Das passiert öfter mal, und dann müssen wir ihn suchen.«

In Wirklichkeit ist Caruso natürlich zu Hause bei Onkel Toni und den anderen. Aber wir brauchten ja einen Plan! Und dazu gehört, dass wir angeblich Caruso suchen…

»Wir dachten, dass er vielleicht hier ist, weil er dich beim letzten Mal ja so gern mochte«, mache ich also weiter. Alter Detektivtrick! Wenn du was von irgendwelchen Leuten wissen willst, dann schmier ihnen erst mal ein bisschen Honig um den Bart. Nun hat die Skilehrerin zwar keinen Bart, aber ihr wisst schon, was ich meine.

»Ich habe ihn nicht gesehen«, sagt die Skilehrerin.

Mia tut so, als ob sie angestrengt überlegen würde.

»Dann kann er eigentlich nur bei euch ins Hotel gelaufen sein.«

»Genau«, sage ich schnell. »Wahrscheinlich ist er hinter dem Briefträger her, als der heute die Post für euch gebracht hat. Ihr habt doch Post bekommen, oder?«

Die Skilehrerin nickt. »Bestimmt. Aber die wird immer unten am Empfang abgegeben, und der Portier bringt sie dann ins Büro vom Hotelchef. Und ganz sicher hätte er es nicht erlaubt, dass euer Hund ins Hotel kommt. Da drin kann er wirklich nicht sein, glaubt mir.«

»Das ist blöd«, sagt Mia. »Dann müssen wir ihn woanders suchen. – Okay, danke erst mal.« Aber dann zögert sie, als ob ihr plötzlich noch was eingefallen wäre: »Sag mal, kennst du eigentlich euren Hotelchef ganz gut?«

»Nicht wirklich, warum?«

»Hör auf, Mia«, mische ich mich jetzt wieder ein. »Das bringt's nicht. Wahrscheinlich stimmt es sowieso nicht.«

Der Trick klappt. Jetzt ist die Skilehrerin nämlich neugierig geworden. »Was stimmt nicht? Wovon redet ihr eigentlich?«

Mia zuckt mit den Schultern, als ob es nicht weiter wichtig wäre. »Wir haben da nur was läuten gehört, dass der Hotelchef den Alpenhof vielleicht verkaufen will. Aber wahrscheinlich hat Max recht, und es stimmt gar nicht. Komm«, sagt sie zu mir. »Gehen wir Caruso suchen!«

»Wartet mal«, sagt die Skilehrerin. »Wie kommt ihr auf den Hotelchef? Der kann den Alpenhof ganz bestimmt nicht verkaufen!«

»Aber ihm gehört doch das Hotel, also …«

»Eben nicht! Er ist nur der Manager hier. Der Besitzer ist irgendein Typ aus München, glaube ich. Und der will auch nicht verkaufen, davon wüsste ich was. Nee, da irrt ihr euch! Im Sommer soll sogar noch angebaut werden. Eine unterirdische Saunalandschaft, mit einem echten Wasserfall, der von Felsen runterkommt, und …« Sie bricht mitten im Satz ab und blickt irritiert auf den Hang hinter uns.

Mia und ich drehen uns um. Und da kommt gerade jemand durch den Schnee auf uns zugestapft. Jemand, den wir bei der ganzen Aufregung schon fast wieder vergessen haben …

»So, hier seid ihr also«, sagt Herr Großmann. »Ich suche

euch schon die ganze Zeit. Euer Onkel wusste auch nicht, wo ihr steckt. Und von eurer Mutter soll ich euch ausrichten, dass ihr heute noch mit dem Hund rausmüsst.«

»Mit dem Hund?«, fragt die Skilehrerin prompt. »Aber ich denke …«

»Manchmal kommt er plötzlich auch von alleine zurück«, erklärt Mia hastig.

Es ist logisch, dass die Skilehrerin jetzt gar nicht mehr durchblickt. Würde ich auch nicht an ihrer Stelle! Gleichzeitig habe ich für eine Sekunde das Gefühl, dass sie Herrn Großmann anstarrt, als hätte sie ihn schon mal gesehen. Und würde nur nicht mehr wissen, wo und wann.

Aber Herr Großmann scheint sich nicht an sie zu erinnern. Sondern nickt Mia und mir nur mit dem Kopf zu, dass wir ihm folgen sollen, und stapft schon wieder den Hügel hinauf. Offensichtlich will er irgendwas von uns, was die Skilehrerin nicht hören soll!

Wir winken ihr also zum Abschied kurz zu und laufen hinter Herrn Großmann her. Und wir haben ihn noch kaum eingeholt, als er sagt: »Ich will morgen auf den Berg. Mit Skiern! Und ich habe mit eurem Onkel schon darüber gesprochen, dass ihr mich begleitet. Schließlich kenne ich mich hier ja nicht aus, da ist es besser, wenn ich nicht alleine unterwegs bin.«

Als wäre damit alles klar, und er brauchte uns noch nicht mal mehr zu fragen, ob wir überhaupt Lust dazu haben!

»Wir müssen zur Schule«, wendet Mia ein.

»Nachmittags«, erwidert er. »Nach der Schule. Ich bezahle natürlich auch dafür. Und ein bisschen zusätzliches Taschengeld könnt ihr ja wohl immer gebrauchen, oder?«

Mia und ich werfen uns einen schnellen Blick zu. Klar, stimmt schon, ein bisschen Geld können wir immer gebrauchen. Vor allem weil ja bald Weihnachten ist, und wir auch noch Geschenke besorgen müssen! Andererseits haben wir keine große Lust, ausgerechnet mit Herrn Großmann Skilaufen zu gehen...

»Dann ist das also abgemacht«, sagt er und nickt zufrieden. »Um zwei Uhr geht's los. Ich hoffe, ich kann mich darauf verlassen, dass ihr pünktlich seid.«

Wir sind so verblüfft, dass wir gar nichts mehr sagen. Und das war's dann auch schon. Herr Großmann erklärt, dass er noch eine Runde durchs Dorf drehen will, und wir stapfen zurück zu Onkel Tonis Hotel. Um den anderen zu erzählen, was wir herausgefunden haben. Nämlich dass der Alpenhof einem Typen aus München gehört. Und dass er ganz bestimmt nicht verkauft werden soll, weil sie sogar noch eine Saunalandschaft mit einem echten Wasserfall planen.

Okay, wahrscheinlich gibt es jetzt ein paar besonders Schlaue bei euch, die sich langsam fragen, ob wir eigentlich ein bisschen doof sind! Weil wir noch nicht mal versuchen, Carlo zwischendurch wieder anzurufen. Der ja irgendwann das Gespräch auch mal annehmen muss. Tut er aber nicht. Wir haben es nämlich längst versucht. So ungefähr hundert Mal, würde ich sagen. Und wir haben ihm natürlich auch längst eine SMS geschickt. Auch so ungefähr hundert Mal: MELDE DICH. ES IST WICHTIG. Aber keine Antwort bekommen.

Den Oberschlauen von euch wird aber vielleicht noch etwas ganz anderes aufgefallen sein! Weil wir ja eben gerade eine neue Information bekommen·haben, die vielleicht alles verändert!

Welche neue Information meint Max?
Lies morgen weiter!

Dezember

Ich kann euch beruhigen, Leute! Natürlich ist es uns auch aufgefallen. Obwohl ich zugeben muss, dass wir einen Moment gebraucht haben. Und dass es auch nicht wirklich Mia oder ich waren, die es zuerst bemerkt haben. Sondern Oma Schröder…

Und das kam so: Wir hatten gerade erst erzählt, dass der Wichtigtuer-Chef vom Alpenhof gar nicht der Besitzer ist, sondern nur der Manager. Und dass der Besitzer irgendein Typ aus München sein soll, als Oma Schröder plötzlich die Augen ganz weit aufgerissen und sich ans Herz gegriffen hat. Aber keine Panik! Sie ist nicht ohnmächtig hinter ihrem Tresen zusammengebrochen, weil sie einen Herzanfall hatte oder so was. Sie neigt nur dazu, manchmal ein bisschen zu übertreiben. Onkel Toni meint ja auch, dass sie eine gute Schauspielerin hätte werden können! Und wahrscheinlich hat er recht.

Jedenfalls ist meine Mutter auch gleich losgerannt und hat ein Glas Wasser für sie aus der Küche geholt. Aber Oma Schröder konnte das Glas kaum halten, so sehr hat ihre Hand gezittert. Und dann hat sie ganz leise geflüstert: »München!«

»Ja, genau«, hat Mia genickt. »Und?«

»Das Auto kam auch aus München«, hat Oma Schröder geflüstert. »Das die Koffer für Herrn Großmann gebracht hat…«

Es war schon klar, was sie da eigentlich meinte. Und für einen Moment haben wir alle gedacht, dass sie recht hat. Nur Caruso nicht, der hat gar nichts gedacht, sondern nur das Wasser aufgeschleckt, das Oma Schröder mit ihrer zittrigen Hand vergossen hatte.

Aber jetzt mal ehrlich, Leute: Wenn Herr Großmann wirklich der Besitzer vom Alpenhof wäre, dann würde er ja wohl kaum bei uns übernachten! Im Alpenhof hätte er ein viel besseres Zimmer, und wahrscheinlich würden sie ihm da auch problemlos seinen Shepherd's Pie servieren, dazu könnte er hundert Biersorten aus aller Welt trinken, danach im beheizten Pool baden und sich abends irgendwelche Filme auf seinem Fernseher angucken, der ungefähr so groß ist wie unser halber Gastraum. Und das Beste wäre, dass er keinen Cent dafür zu bezahlen brauchte, weil ihm ja sowieso alles gehört.

Ich hoffe also, ihr stimmt mir zu, wenn ich sage, dass wir zu dem gleichen Schluss gekommen sind: Unser Gast Herr Großmann kann nicht der Alpenhof-Besitzer sein! Es muss ein Zufall sein, mehr nicht.

»München ist ja auch ziemlich groß«, hat meine Mutter noch erklärt. »Da wohnen viele Leute, und bestimmt nicht nur ein Herr Großmann.«

Und damit war die Sache eigentlich erst mal erledigt. Obwohl wir dann sicherheitshalber doch noch mal im Gästebuch nachgesehen haben, mit welcher Adresse sich Herr Großmann überhaupt eingetragen hatte. Und da stand dann: WILFRIED GROSSMANN, BREITBRUNN. Er kam also noch nicht mal aus München, sondern nur das Auto, mit dem der Chauffeur die Koffer gebracht hatte. Womit die Sache endgültig erledigt war. Wenn auch Oma Schröder noch irgendwas behauptet hat, was wohl darauf hinauslaufen sollte, dass die Mafia jede Menge falscher Adressen benutzt. Aber wie gesagt: Oma Schröder übertreibt gerne mal ein bisschen!

Und inzwischen glauben Mia und ich sowieso, dass wir Herrn Großmann wahrscheinlich völlig falsch eingeschätzt haben. Klar, es stimmt schon, dass er irgendwie ein komischer Typ ist und auch nicht besonders freundlich wirkt. Er glaubt, dass er alle anderen herumkommandieren kann, weil er sich selbst für den absolut Größten hält. So ähnlich hat es jedenfalls auch meine Mutter gesagt...

»Der Typ glaubt doch, die Sonne würde nur für ihn scheinen!«, hat sie gesagt.

Aber der erste Eindruck hat vielleicht getäuscht. Er kann nämlich auch ganz anders sein! So wie jetzt gerade, als wir mit ihm oben auf dem Berg in der Skihütte sitzen.

Ihr erinnert euch noch, dass wir ihn gleich nach der Schule auf den Berg begleiten sollten? Und glaubt mir, wir waren echt verblüfft, als wir ankamen und er da schon vor der Tür stand und auf uns gewartet hat. Mit funkelnagelneuen Skiern und so ziemlich den schicksten Klamotten, die es gibt. Und auch den teuersten! Wobei ziemlich schnell klar war, wo er die Sachen herhatte. Weil er nämlich auch noch genau dieselbe Mütze trug wie Mia. Dieses Ding mit dem Elchgeweih aus Stoff! Er hatte also alles zum halben Preis bekommen …

Gut, das mit der Mütze war vielleicht ein bisschen albern, vor allem für einen erwachsenen Mann. Aber als wir oben auf dem Berg ankamen, ist Mia und mir glatt die Kinnlade runtergeklappt. Herr Großmann konnte nämlich Skilaufen! Und nicht nur einfach irgendwie, sondern ziemlich gut. Mia und ich mussten uns Mühe geben, dass er uns nicht abhängt!

»Ich hab schon als Junge Skilaufen gelernt«, erzählt er uns jetzt, nachdem er Pommes und Würstchen für alle bestellt hat. »Und ich liebe die Berge! Ihr solltet wirklich glücklich sein, dass ihr hier wohnt.«

Ich sag's ja, er kann auch ganz anders sein! Richtig nett. Und das sage ich jetzt nicht nur, weil er die Pommes bezahlt hat. Und Mia und mir jedem einen Zwanziger dafür in die Hand gedrückt hat, dass wir ihn begleiten. Nein, Leute, er IST nett. Und er will alles von uns wissen, was wir so machen und wie lange wir schon hier sind. Und ob es nicht eigentlich schade ist, dass es für so gute Skiläufer wie uns gar keinen Fun Park gibt. Mit Kicker und Halfpipe und fetziger Musik.

»Ihr fahrt bestimmt auch Snowboard, oder?«

»Manchmal«, sagt Mia. »Meistens Ski. Aber stimmt schon. Ein Fun Park wäre cool.«

Herr Großmann nickt. »Das Problem ist nur, dass es ja vielleicht bald gar nicht mehr genug Schnee gibt. Und dann kommen natürlich auch keine Touristen mehr hierher.«

»Stimmt schon«, sage ich diesmal. »Das Problem haben wir übrigens jetzt schon, weil der Schnee immer später kommt. Onkel Toni sagt, irgendwann wird es wahrscheinlich so sein, dass man nur noch ganz oben auf dem Gletscher Skilaufen kann. Wo man mit dem Hubschrauber hochfliegen muss! Was sich natürlich nur Leute leisten können, die genug Geld haben.«

»Das klingt nicht gut«, stimmt mir Herr Großmann zu. Gleich darauf blickt er auf die Uhr. »Tut mir leid, aber ich habe noch eine Verabredung unten im Dorf. Ich gehe nur schnell zur Toilette und dann fahren wir runter, okay?«

»Passt«, sagt Mia.

Herr Großmann ist gerade zur Tür raus, als die Skilehrerin vom Alpenhof reinkommt. Mit einer ganzen Gruppe von Kindern, die sich kreischend an den Tisch neben uns drängen.

Wir winken der Skilehrerin zu.

Aber sie muss erst ihre Kinder so weit zur Ruhe bringen, dass sie für einen Moment zu uns kommen kann. Ohne dass hinter ihr das totale Chaos ausbricht!

Und dann beugt sie sich zu uns und sagt: »Ich habe auf dem Gang gerade den Mann getroffen, der euch gestern gesucht hat. Und ich kenne ihn!«

Woher kennt die Skilehrerin Herrn Großmann?
Lies morgen weiter!

13.

Dezember

So, Leute, jetzt haltet euch aber besser mal irgendwo fest. Nicht dass ihr gleich einen Schock kriegt und vom Stuhl rutscht. Oder aus dem Bett fallt. Oder vom Klo oder wo immer ihr gerade seid. Jetzt kommt's nämlich. Und die Skilehrerin ist sich absolut sicher!

»Ich habe euch doch erzählt, dass der Besitzer vom Alpenhof ein Typ aus München ist. Den keiner kennt, weil das Hotel ja von dem Manager geleitet wird. Aber mir ist wieder eingefallen, dass er doch schon mal da war! Letztes Jahr, als ich gerade erst angefangen hatte. Da war zu Silvester eine große Party. Und alle Angestellten im Hotel waren ziemlich nervös, vor allem der Manager. Es gab nämlich das Gerücht, dass auch der Besitzer auftauchen würde, um zu überprüfen, ob alles läuft. Und deshalb wollte er nicht erkannt werden, damit alle denken, er wäre ein ganz normaler Gast, und ihn genauso behandeln wie die anderen Gäste.«

»Aber ihr habt trotzdem rausgekriegt, wer es war?«, fragt Mia ungeduldig. Und es stimmt schon, wenn die Skilehrerin noch länger braucht, dann werden die Kinder hinter ihr bald nicht nur den Salzstreuer auf dem Tisch ausgeleert haben, sondern auch die Ketchupflasche. Oder sich mit den kleinen Plastikgabeln für die Pommes die Augen ausstechen!

»Nicht wirklich«, sagt die Skilehrerin. »Aber ich habe gesehen, wie der Manager am nächsten Morgen mit einem der Gäste aus dem Fahrstuhl kam. Der Gast hatte nur einen Aktenkoffer dabei, und der Manager hat ihn selber nach draußen gebracht, wo schon ein Auto mit Chauffeur auf ihn gewartet hat …«

»Ein schwarzer Mercedes«, sage ich eher zu mir selbst.

Aber die Skilehrerin hat mich verstanden. Sie nickt.

»Du glaubst also, dass der Typ mit dem Aktenkoffer der Besitzer war?«, fragt Mia noch mal nach.

Die Skilehrerin nickt wieder.

»Und du bist dir sicher, dass es derselbe Typ war, den du gerade draußen ...«

»So, von mir aus können wir los!«, hören wir im gleichen Moment Herrn Großmann rufen, der sich offensichtlich nicht an den Kindern vorbeitraut, die gerade entdeckt haben, dass man die kleinen Tüten mit Majo oder Senf auch gut werfen kann.

Die Skilehrerin wirft ihm einen schnellen Blick über die Schulter zu, bevor sie flüstert: »Er ist es. Da bin ich mir absolut sicher!«

»Okay«, sagt Mia so laut, dass es auch Herr Großmann hören muss. »Dann gib mir einfach Bescheid, wenn du mal wieder jemanden brauchst, der dir mit den Kindern hilft.«

Ich sag's ja, meine Schwester ist gut. Sie tut einfach so, als hätten wir mit der Skilehrerin nie über den Besitzer vom Alpenhof gesprochen! Und als hätten wir auch nicht gerade etwas erfahren, was uns echt zu denken gibt.

Wozu wir allerdings im Moment gar keine Chance haben. Zum Denken, meine ich. Weil Herr Großmann ziemlich drängelt, dass wir uns beeilen sollen. Und wir ja auch schlecht miteinander über ihn reden können, wenn er danebensteht.

Aber andererseits kennen Mia und ich uns ja jetzt auch schon lange genug. Sozusagen unser ganzes Leben! Und deshalb wissen wir, dass wir beide gerade die gleiche Idee haben. Wir müssen uns erst mal sicher sein, dass die Skilehrerin sich nicht irrt. Was ganz einfach ist! Herr Großmann hat ja behauptet, dass er noch nie vorher bei uns im Dorf war. Und schon gar nicht oben auf dem Berg. Wir müssen also nur einen kleinen Trick anwenden, um rauszukriegen, ob er gelogen hat oder nicht.

»Wir nehmen nicht die große Piste«, sagt Mia, als wir uns die Skier anschnallen. »Sondern eine andere Abfahrt, die schneller ist.«

»Über ein paar Waldwege«, setze ich noch hinzu. »Fahren Sie einfach hinter uns her.«

Und dann brettern wir auch schon los, bevor er noch irgendwas erwidern kann.

Die Abfahrt durch den Wald ist ziemlich schön, aber wir haben keine Zeit, die verschneiten Tannen zu betrachten. Oder den vereisten Wasserfall, der von den Felsen herunterstürzt. Stattdessen versuchen wir, Herrn Großmann abzuhängen. Und es klappt! Hinter einer engen Kurve, in der er uns für einen Moment nicht sehen kann, biegen wir vom Weg ab und fahren zwischen den Bäumen weiter. Schon nach ein paar Metern sind wir hinter den tief hängenden Ästen verschwunden. Die Abkürzung quer durch den Wald führt genau zu einem Felsvorsprung, an dem die Größeren aus unserer Schule manchmal Skispringen üben, während der Weg, auf dem Herr Großmann ist, sich in einem weiten Bogen um den Berg herumwindet und schließlich unter dem Felsen entlangführt. Wir sind also schon lange da, bevor er wieder auftaucht.

»Jetzt wird's interessant«, flüstert Mia.

Unter dem Felsen ist nämlich eine Art Kreuzung, an der sich der Waldweg teilt. Geradeaus geht es endlos weiter, bis man irgendwann weit weg vom Dorf zur Landstraße kommt. Wenn man nach Unterberg will, muss man jedoch links abbiegen. Allerdings hat irgendein Witzbold das Schild, auf dem die beiden Strecken markiert sind, im Sommer abmontiert. Und ein neues Schild gibt es noch nicht!

Womit klar ist, dass jeder, der sich hier nicht auskennt, geradeaus fahren würde. Aber Herr Großmann zögert keine Sekunde, sondern biegt nach links ab.

»Er kennt den Weg ganz genau«, sage ich leise. »Er war schon mal hier.«

»Er hat also gelogen«, stellt Mia fest. »Und damit dürfte

auch sicher sein, dass die Skilehrerin recht hatte. Er ist wirklich der Typ, den sie letztes Jahr im Alpenhof gesehen hat.«

»Der Besitzer! Aber ich kapiere nicht, warum …«

»Egal«, meint Mia. »Los, hinterher! Wir müssen rauskriegen, mit wem er sich gleich treffen will.«

So schnell wir können, fahren wir neben der Felswand durch den Tiefschnee nach unten, zurück zum Waldweg. Und dann in echt halsbrecherischem Tempo weiter in Richtung Dorf. Bis wir schon die ersten Häuser sehen können! Und den schwarzen Mercedes, der am Waldrand dicht neben einem alten Heuschober geparkt ist …

Wir schaffen es, im letzten Augenblick noch abzuschwingen, bevor Herr Großmann oder sein Fahrer uns entdecken. Hastig schnallen wir die Skier ab und schleichen uns zwischen den Bäumen von hinten an den Holzschuppen.

Ganz deutlich können wir hören, wie Herr Großmann mit dem Fahrer redet.

»Und du hast die Kinder wirklich nicht gesehen?«

»Hier sind sie jedenfalls nicht vorbeigekommen.«

»Umso besser, dann können wir offen miteinander reden.«

»Und sie haben auch keinen Verdacht geschöpft?«

Wir hören, wie Herr Großmann lacht. »Nein, die sind harmlos. Und mit ein bisschen Taschengeld leicht einzuwickeln. Ich fürchte allerdings, dass die Skilehrerin vom Alpenhof mich erkannt hat.«

»Ärgerlich. Und wie sieht es mit dem Verkauf aus? Gibt es da was Neues?«

»Noch nicht, aber ich bin dran. Die Sache wird schon laufen, das kriegen wir hin. Alles nur eine Frage des Geldes.«

*Was fällt Max und Mia bei diesem Gespräch sofort auf?
Lies morgen weiter!*

14. Dezember

Also, Leute, noch mal der Reihe nach.

1. Die Skilehrerin hat sich nicht geirrt. Herr Großmann ist der Besitzer vom Alpenhof. Auch wenn es merkwürdig ist, dass er dann bei uns wohnt, statt sich in seinem eigenen Hotel rund um die Uhr verwöhnen zu lassen.

2. Irgendwas ist verdammt faul an der Sache. Ich nehme an, ihr habt es auch gemerkt! So wie die beiden sich unterhalten haben, ist der Chauffeur ganz sicher nicht nur ein Chauffeur. Was uns allerdings auch nicht weiterhilft. Aber vielleicht ist es auch erst mal egal.

3. Viel wichtiger ist, was der Chauffeur bei ihrem Gespräch gefragt hat!

WIE SIEHT ES MIT DEM VERKAUF AUS?

Herr Großmann will also das Hotel verkaufen, das ist damit ja jetzt wohl klar. Und dann können wir auch davon ausgehen, dass sie im Alpenhof ebenfalls diese anonymen Briefe bekommen haben.

4. Womit alles auf die Frage hinausläuft:

WER WILL DIE HÄUSER AUF DEM HÜGEL KAUFEN? Und vor allem: WARUM?

Genau diese Frage haben wir leider immer noch nicht beantwortet. Obwohl das Gespräch, das wir belauscht haben, jetzt schon über eine Woche her ist!

Klar, jetzt wollt ihr natürlich wissen, was in der Zeit dazwischen passiert ist. Und ich fürchte, die Antwort wird euch nicht unbedingt gefallen: NICHTS!

Wir haben unser Hotel immer noch, den Alpenhof gibt es auch noch, und Carlo ist nach wie vor verschwunden und meldet sich nicht.

So ganz nebenbei kann ich euch noch schnell erzählen, dass unsere Lehrerin wieder gesund ist. Und die eine Hälfte der Klasse, die krank war, ist auch wieder da. Dafür fehlt jetzt die andere Hälfte! Weshalb wir mit unserem Krippenspiel noch kein Stück weiter sind. Im Gegenteil, es ist sogar alles noch viel komplizierter, seit der Schachtelhuber Xaver angeboten hat, dass er ja auch mehrere Rollen spielen könnte. Also zum Beispiel die Heiligen Drei Könige auf einmal.

»Erst komme ich rein und spiele den Balthasar. Dann gehe ich wieder raus, ziehe ein anderes Kostüm an und spiele den Caspar. Und dann schminke ich mich ganz schnell und komme als Melchior wieder. Was haltet ihr davon?«

Und jetzt ist er beleidigt, weil keiner was davon gehalten hat, und will gar nicht mehr mitmachen.

Mein Vater hat übrigens auch Grippe! Deshalb wird er erst zu Weihnachten hier erscheinen. Immer vorausgesetzt, dass WIR dann nicht gerade im Bett liegen und Weihnachten sowieso ausfällt. Was wir uns aber gar nicht leisten können, weil wir das Haus inzwischen nämlich voll haben. Echt, wir sind ausgebucht, bis aufs letzte Zimmer! Mit lauter Holländern, die mit einem Kleinbus angekommen sind und die wir genauso wenig verstehen wie sie uns.

Der Einzige, der hier ein bisschen Holländisch kann, ist nämlich Onkel Toni, weil der früher mal eine holländische Freundin hatte. Und seit er zu den Holländern gesagt hat: »*Ik hou van jou!*«, finden sie ihn alle ganz toll. Und schippen Schnee für uns, gehen mit Caruso spazieren und helfen meiner Mutter beim Kartoffelschälen. Zwischendurch versucht Mia auch noch, ihnen ein bisschen Skilaufen beizubringen. Was sie aber deutlich schlechter können als Kartoffeln schälen.

Ach so, wahrscheinlich wisst ihr ja gar nicht, was »*Ik hou van jou*« überhaupt heißt. Und denkt jetzt vielleicht, wenn ihr mal nach Holland fahrt, ist das genau der richtige Satz zur Begrüßung! Aber ich fürchte, da solltet ihr lieber ein bisschen vorsichtig sein. Zumindest so lange, wie ihr keine holländi-

sche Freundin habt, der ihr unbedingt erzählen wollt, dass ihr sie liebt!

Okay, ich weiß, was ihr jetzt denkt: *Gut, dass wir drüber geredet haben! Aber vielleicht kommt Max heute noch mal wieder auf den Punkt und erzählt endlich, was nun eigentlich mit Herrn Großmann los ist.*

Das Problem ist: Wir wissen es nicht! Er wohnt nach wie vor bei uns. Und wenn er nicht gerade einen Spaziergang macht, sitzt er in seinem Zimmer und darf nicht gestört werden. Aber wir haben keine Ahnung, was er da die ganze Zeit über macht. Natürlich haben wir längst versucht, an der Tür zu lauschen. Und wir haben auch rausgekriegt, dass er ziemlich viel telefoniert. Nur leider dreht er dann auch jedes Mal den Wasserhahn am Waschbecken auf, sodass wir nichts verstehen können. Das ist zwar eindeutig verdächtig, bringt uns aber leider auch nicht weiter.

Das Einfachste wäre natürlich, wenn wir sein Zimmer durchsuchen könnten, während er einen Spaziergang macht. Können wir aber nicht, weil er immer abschließt! Und er hängt den Schlüssel auch nie bei Oma Schröder ans Brett, wie alle anderen Gäste, sondern nimmt ihn mit. Auch verdächtig, klar. Aber was sollen wir machen?

Eigentlich ist die einzige Erklärung, die wir haben, dass er auf sein Geld wartet. Weil er den Alpenhof längst verkauft hat! Und jetzt muss er so viel telefonieren, weil irgendwas nicht geklappt hat. Obwohl Mia meint, dass er das Geld vielleicht längst in seinem Zimmer hat. Unter der Matratze oder so …

Ob er sich mit dem Chauffeur, der gar keiner ist, noch mal getroffen hat, wissen wir beide leider auch nicht. Wir sind ja den ganzen Vormittag in der Schule! Und seit die Holländer bei uns sind, kriegt Oma Schröder auch nicht unbedingt mit, wer gerade im Haus ist und wer nicht.

Mia und ich haben sogar schon überlegt, ob wir nicht einfach mal mit ihm reden sollten. Mit Herrn Großmann, meine ich. Denn wenn er wirklich sein Hotel verkauft hat, weil er auch diese anonymen Briefe bekommen hat, dann sollten wir ihm vielleicht erzählen, dass bei uns das Gleiche passiert ist. Genauso wie bei Carlo und dem Kuhbauern, der alten Frau und vielleicht auch dem Sportgeschäft.

Aber es gibt da noch eine Sache mit Herrn Großmann, die uns langsam SEHR VERDÄCHTIG vorkommt! Und weshalb wir ihm auch immer weniger über den Weg trauen. Ich spreche hier nicht davon, dass er nie wieder gefragt hat, ob wir noch mal zusammen Skilaufen wollen. Das kann ich verstehen! Aber was ich meine, sind seine komischen Fragen. Die klingen zwar erst mal ganz freundlich, sind allerdings trotzdem irgendwie merkwürdig. So wie oben auf dem Berg, als er von Mia und mir wissen wollte, ob wir es nicht gut fänden, wenn es einen *Funpark* mit Kicker und Halfpipe gäbe. Und gestern wollte er unbedingt wissen, was wir eigentlich von einer Rennstrecke halten würden, auf der die Zeit jedes Skiläufers gemessen und jede Abfahrt gefilmt wird. Die Filme könnte man hinterher natürlich kaufen, um zu Hause damit anzugeben.

»Die Leute brauchen Attraktionen«, hat er gesagt. »Und je lauter und verrückter es am Berg zugeht, desto mehr Geld werden sie dafür bezahlen, um dabei zu sein.«

Und gerade eben kommen wir dazu, wie er zu Oma Schröder sagt: »Das Haus brummt ja regelrecht, seit die Holländer hier sind! Da wäre es doch schön, wenn Sie noch ein paar Zimmer mehr hätten, was?«

Was haben die Fragen von Herrn Großmann zu bedeuten? Lies morgen weiter!

Dezember

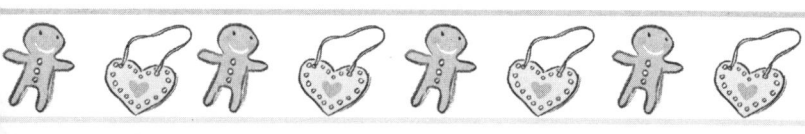

Von mir wollte er wissen, warum ich mich weigere, ihm sein Shepherd's Pie zu machen«, erzählt Andrea gerade.

Wir hocken noch zusammen in der Küche, nachdem die Holländer auf ihre Zimmer gegangen sind. Und reden über Herrn Großmann. Und seine komischen Fragen. Aber das habt ihr euch wahrscheinlich schon gedacht.

»Ich hab ihm nur gesagt, dass ich der Meinung bin, wenn man in den Bergen ist, sollte man auch die Sachen essen, die aus der Gegend kommen. Und dazu gehört Shepherd's Pie nun wirklich nicht! Aber wisst ihr, was dann passiert ist?«

Das wissen wir natürlich nicht. Weshalb meine Mutter ihre Frage auch selbst beantworten muss!

»Dann hat er plötzlich gejubelt: *Vielleicht haben Sie recht. Sie haben mich da gerade auf eine Idee gebracht. Aber das müsste man im ganz großen Stil aufziehen, damit es richtig läuft!* Ich hab natürlich nicht kapiert, was er meint. Bis er mir erklärt hat, dass er an so was wie eine riesige Almhütte oben auf dem Berg denkt, ein Gasthaus für tausend Leute, in dem man als einziges Gericht Bratwurst mit Sauerkraut bekommt. Und zwar von frühmorgens bis spät in die Nacht. Die Gäste sollten auf alten Baumstämmen sitzen, das Essen müsste in Holzschüsseln serviert werden, und die Kellner würden kurze Lederhosen und Holzfällerhemden anhaben. Damit es *echt* wirkt, hat er gesagt. Und im Keller sollte es unbedingt eine Karaoke-Bar geben, wo jeder, der sich traut, Songs von DJ Ötzi singen könnte. Im Übrigen könnte er sich gut vorstellen, dass ich die Leitung der Küche übernehme, allerdings müsste ich dann unbedingt ein Dirndl tragen. Der spinnt doch, aber total!«

»Ballaballa«, meint Mia. »Plemplem. Durchgeknallt.«

Wir sind natürlich alle derselben Meinung. Sogar Caruso, der vor Empörung gleich eine neue Pfütze auf den Fußboden sabbert.

Bis dann Onkel Toni von seinem Hocker aufspringt und die Arme ausbreitet, als würde er auf einer Bühne stehen und gerade eine Ansprache ans Publikum halten. »Mich hat er auch etwas gefragt!«, erklärt er so laut, dass Caruso vor Schreck zu sabbern aufhört.

»Und was?«, wollen wir alle wissen.

Onkel Toni spielt uns vor, was Herr Großmann zu ihm gesagt hat:

»Sie waren doch früher Schauspieler, und sogar ziemlich bekannt, wie ich gehört habe. Juckt es Sie da nicht manchmal, wieder wie damals im Theater das Publikum zu begeistern? Genau so was fehlt doch hier im Dorf! Stellen Sie sich das mal vor, eine große Bühne, mit der Kulisse der schneebedeckten Berge im Hintergrund. Vielleicht noch ein paar gemalte Gämsen, die auf einem Felsvorsprung stehen, und ein gigantischer Sonnenuntergang, der die Berggipfel rot aufleuchten lässt. Das kann man ja mit Scheinwerfern alles hinkriegen! Und Sie als Schauspieler und Theaterdirektor, der zu der Musik einer Original-Blaskapelle auf die Bühne kommt und die große Show des Abends ansagt. Ein Comedy-Programm zum Beispiel, in dem lauter Verrückte aus dem Dorf auftreten.« Onkel Toni holt tief Luft, bevor er weiterspricht: »Genauso hat er es gesagt: Ein paar echte Dorfdeppen, die nichts auf die Reihe kriegen! Das wäre bestimmt etwas, worüber die Leute sich kaputtlachen könnten und wofür sie auch richtig Geld hinblättern würden ...«

Onkel Toni bricht ab und tippt sich an die Stirn, als wollte er selbst nicht glauben, was für einen Blödsinn Herr Großmann geredet hat.

»Ballaballa«, wiederholt Mia nur.

»Woher weiß er überhaupt, dass Sie Schauspieler waren?«, fragt Oma Schröder.

»Genau«, knurrt Caruso, »da stimmt doch irgendwas nicht!«

»Er hat sich über uns informiert«, sagt Andrea leise. »Er weiß genau, wer wir sind.«

Im selben Moment habe ich einen furchtbaren Verdacht. Was ist, wenn wir uns die ganze Zeit geirrt haben? Wenn Herr Großmann den Alpenhof gar nicht verkaufen will! Wenn er auch nie so einen Brief bekommen hat wie wir oder wie Carlos Vater und die anderen, die jetzt wegziehen. Weil er die Briefe nämlich selber geschrieben hat!

Ich hoffe, ihr könnt mir folgen. Ihr erinnert euch, was die Skilehrerin erzählt hat? Dass sie im Alpenhof eine Saunalandschaft bauen wollen mit einem künstlichen Wasserfall, der mindestens fünf Meter hoch werden soll! Den braucht nun wirklich keiner, der nur mal schnell in die Sauna möchte. Es braucht auch niemand eine Karaoke-Bühne, auf der man so tun kann, als ob man DJ Ötzi wäre. Oder ein Holzfäller-Restaurant für tausend Leute, in dem man seine Sauerkraut-Würstchen aus handgeschnitzten Schüsseln löffeln muss. Mal ganz zu schweigen von einer Comedy-Show, in der das ganze Dorf die Deppen spielen soll. Aber es kann ja wohl kaum ein Zufall sein, dass ausgerechnet Herr Großmann ständig mit solchen Ideen ankommt! Deshalb bin ich mir ziemlich sicher, dass er höchstpersönlich hinter der ganzen Sache mit den Briefen steckt. Weil er hier irgendwas plant. Genau wie Carlo geschrieben hat: *Im Dorf passiert was, was nicht gut ist...*

Aber die anderen sind mal wieder nicht überzeugt von meiner Überlegung. Und Onkel Toni findet, dass ich besser schön auf dem Teppich bleiben soll, bevor ich alle noch verrückter mache, als sie ohnehin schon sind.

»Niemand kann einfach den halben Berg kaufen, um dann irgendwelchen Quatsch dahin zu bauen!«, erklärt er empört. »Dazu braucht er nämlich eine Genehmigung von der Gemeinde. Und selbst wenn er die Erlaubnis bekommen würde, müsste er ja nicht erst noch den Kuhstall, die Pizzeria und unser Hotel kaufen. Nee, Max, das ergibt keinen Sinn. Ich glaube eher, dieser Großmann ist ein Spinner, der sich gerne wichtigmacht. Und deshalb labert er uns voll, damit wir ihn für einen tollen Typen halten.«

»Aber du vergisst, dass ihm der Alpenhof ja tatsächlich gehört«, mischt sich meine Mutter ein.

»Und er trotzdem hier bei uns wohnt!«, ergänzt Mia.

»Und stundenlang in seinem Zimmer hockt«, sagt Oma Schröder. »Und den Schlüssel nicht abgibt, wenn er weggeht. Und auch nicht will, dass wir in seinem Zimmer saubermachen.«

»Mit anderen Worten …«, setzt Mia wieder an.

»… wir müssen in dieses Zimmer«, sage ich. »Um rauszukriegen, was hier eigentlich läuft.«

»Wir können nicht einfach in das Zimmer von einem Gast einbrechen«, erklärt Onkel Toni kopfschüttelnd.

»Wir brechen nicht ein«, sagt Oma Schröder. »Ich habe ja für jedes Zimmer die Reserveschlüssel, wir müssen nur warten, bis er morgen seinen Spaziergang macht.«

Was finden Max und Mia im Zimmer von Herrn Großmann?
Lies morgen weiter!

16.

Dezember

Ich habe mich nicht geirrt. Aber es ist alles noch viel schlimmer, als ich gedacht habe. Hinter allem, was hier passiert, steckt Herr Großmann. Allerdings hat er noch viel mehr vor, als nur die Häuser auf dem Hügel zu kaufen ...

Aber ich erzähle vielleicht besser von Anfang an, wie wir das rausgekriegt haben. Also: Erst mal sind wir morgens aufgestanden. Dann haben wir gefrühstückt und sind mit dem Bus zur Schule gefahren. Nein, regt euch nicht auf, das ist wichtig! Und ihr werdet schon noch merken, weshalb. Weiter: In der Schule gab es dann richtig Ärger. Weil der Schachtelhuber Xaver erklärt hat, dass er doch wieder beim Krippenspiel mitmachen wollte. Aber er wollte den Vater von Jesus spielen!

»Also Josef?«, hat die Lehrerin gefragt. Und das war ihr Fehler. Sie hätte den Xaver einfach nur den Vater von Jesus spielen lassen sollen und fertig. Wahrscheinlich hätte noch nicht mal jemand was gemerkt, weil Josef ja vielleicht auch einen weißen Bart gehabt hat. Und irgendein wallendes Gewand, das ein bisschen aussieht wie ein Nachthemd. Ahnt ihr jetzt schon, worauf ich raus will?

Genau. Xaver wollte nämlich gar nicht JOSEF spielen, sondern GOTT! Er hat einen ziemlich verworrenen Vortrag gehalten, der irgendwie darauf rauslief, dass Gott ja schließlich alles geschaffen hat: »Die Berge hier und unser Dorf und die Tiere und alle Menschen auf der Erde. Wenn Gott also der Vater von allem ist, dann natürlich auch von Jesus. Und deshalb muss er im Krippenspiel auftreten. Den Josef kann jemand anders spielen, Max vielleicht. Aber ich besorge mir einen weißen Vollbart und sitze auf einer Wolke oben über dem Stall!«

Und das war's dann wohl auch endgültig mit unserem Krippenspiel.

»Mir reicht es«, hat die Lehrerin erklärt. »Das mache ich

nicht länger mit.« Und damit ist sie aus der Klasse gerauscht, obwohl die Stunde noch gar nicht zu Ende war.

Jetzt werdet ihr auch gleich kapieren, warum es wichtig war, dass ich euch das erst mal erzählt habe. Weil Mia und ich also früher aus der Schule zurückkamen und gerade noch gesehen haben, wie Herr Großmann quer über den Hang hinter der Pizzeria nach unten zur Tankstelle gestapft ist. Wo der schwarze Mercedes stand und auf ihn gewartet hat!

Herr Großmann ist eingestiegen und der Mercedes ist mit Vollgas über die Landstraße in Richtung Stadt verschwunden.

Keine fünf Minuten später waren Mia und ich bei uns zu Hause.

»Er ist gerade in die Stadt gefahren!«, hat Mia gerufen, kaum dass wir die Tür aufgerissen haben.

»Und das heißt, er kommt so schnell nicht wieder!«, habe ich gerufen. »Das ist die beste Gelegenheit, um sein Zimmer zu durchsuchen…«

Oma Schröder hat also den Reserveschlüssel aus der Schublade geholt und wir sind alle Mann die Treppe hochgepoltert. Onkel Toni noch mit der Schneeschaufel in der Hand und Andrea mit dem Kochlöffel, mit dem sie gerade die Suppe fürs Mittagessen umgerührt hatte. Nur Caruso war nicht dabei, weil er mit den Holländern draußen vor der Tür Stöckchen suchen gespielt hat…

Was er jetzt wahrscheinlich immer noch macht. Während wir uns bei Herrn Großmann ins Zimmer drängen und ratlos auf die Fotos starren, die mit Tesafilm an die Wand geklebt sind.

»Das… das ist Carlos Pizzeria«, stammelt Mia und zeigt auf das erste Foto.

Mia hat recht, auch wenn das Bild ein bisschen unscharf ist. Und gleich daneben kommt ein Foto von dem Kuhstall, dann

das Sportgeschäft, das Haus von der alten Frau – und unser Hotel!

Im nächsten Moment fällt uns allen auf, dass es einen Unterschied zwischen dem Bild von unserem Hotel und den anderen Fotos gibt. Alle anderen Bilder sind nämlich mit einem dicken Filzstift durchgestrichen. Nur Onkel Tonis Hotel nicht!

»Was soll das bedeuten?«, fragt Andrea leise.

»Dass wir die Einzigen sind, die noch nicht verkauft haben«, erwidert Onkel Toni.

Im gleichen Moment sehe ich die große Pappröhre, die der Chauffeur neulich zusammen mit den Koffern ins Zimmer geschleppt hat. Und ich hatte recht, neben der Röhre liegt tatsächlich ein zusammengerolltes Poster. Das Ding ist so groß, dass wir es auf den Fußboden legen müssen, um es aufzurollen und glattzustreichen. Wie ihr euch vielleicht schon denken könnt, ist es kein Poster von irgendeiner Rockband, womit Herr Großmann sein Zimmer verschönern möchte. Wir brauchen allerdings einen Augenblick, bis wir begreifen, was wir da sehen.

Eine Luftaufnahme, wie vom Flugzeug aus fotografiert. Das Ganze ist ein Bild von unserem Hügel! Nur dass alles vom Alpenhof bis zu dem alten Sessellift rot schraffiert ist, so dass man kaum noch die Dächer von den Häusern erkennen kann.

»Das ist kein Foto«, stellt Mia mit zusammengekniffenen Augen fest, nachdem sie sich so dicht über das Bild gebeugt hat, dass sie es fast mit der Nase berührt. »Das ist eine Karte von Google Earth. Aus dem Computer ausgedruckt und in irgendeinem Copyshop vergrößert.«

»Aber was soll das?«, fragt meine Mutter ratlos.

Wir blicken uns noch mal im Zimmer um. Und entdecken gleichzeitig den Laptop, der auf dem Nachtisch neben dem Bett liegt.

Mit zwei Schritten ist Mia da und klappt den Deckel auf.

»Mist«, schimpft sie gleich darauf, während wir ihr alle über die Schulter starren. »Wir brauchen das Passwort!«

»Versuch es mit seinem Vornamen«, meint Andrea.

Mia tippt WILFRIED in die Tastatur.

»Falsches Passwort«, liest sie vom Bildschirm ab.

»Geburtsdatum«, schlägt Oma Schröder vor. »Ich laufe schnell runter und sehe im Gästebuch nach.«

Während sie nach unten zur Rezeption läuft, blickt Onkel Toni wieder zu der schraffierten Luftaufnahme.

»Als ob er vorhätte, den gesamten Hügel ...«

»Was?«, fragt Andrea, als er nicht weiterredet.

»Keine Ahnung«, meint Onkel Toni und zuckt mit den Schultern.

Ich sehe, wie er heftig schluckt. Er hat irgendeine Idee, da bin ich mir sicher.

Oma Schröder kommt zurück.

Aber als Mia das Geburtsdatum von Herrn Großmann eingibt, erscheint wieder nur FALSCHES PASSWORT auf der Bildfläche.

Im selben Moment schießt mir ein Gedanke durch den Kopf. Ich glaube, ich weiß, was Onkel Toni gerade meinte. Herr Großmann hat irgendeinen Plan, bei dem es um den gesamten Hügel geht! Und ich weiß auch nicht genau wieso, aber ich muss plötzlich wieder an die Geschichte vom Xaver heute Morgen denken. Dass Gott ja alles geschaffen hat, die Berge hier und das Dorf, und vielleicht ist Herr Großmann ja wirklich ... größenwahnsinnig! Und will sich so was wie seine eigene Welt hier schaffen ...

»Gib mal GOTT ein«, sage ich zu Mia.

Ist das tatsächlich das richtige Passwort?
Lies morgen weiter!

17.

Dezember

Ich hatte schon wieder recht! Herr Großmann hat tatsächlich vor, unseren ganzen Berg aufzukaufen und alles neu zu bauen. Als ob er wirklich der liebe Gott persönlich wäre, der gerade die Welt erschafft!

Das wird uns aber erst endgültig klar, als wir den Ordner mit dem Namen ALPENWELT in seinem Computer finden und öffnen. Und glaubt mir, Leute, der Schock für uns alle ist echt gewaltig! In dem Ordner sind nämlich die genauen Pläne für alles, was Herr Großmann hier machen will. Und um es gleich vorweg zu sagen: Onkel Tonis Hotel existiert auf diesen Plänen nicht mehr. Genausowenig wie Carlos Pizzeria, das Haus von der alten Frau, das Sportgeschäft und der Kuhstall. Alles weg! Nur den alten Sessellift gibt es noch.

»Hä?«, werdet ihr jetzt fragen, »was soll das denn?«

Aber langsam, Leute, wartet noch einen Moment. Ich erklär's gleich …

»Was soll das denn?«, fragt erst mal auch Mia, während meine Mutter sich nur kreidebleich auf die Bettkante sinken lässt.

Und Onkel Toni sagt ganz leise: »Er will alles abreißen. Das ist sein Plan. Er kauft die Häuser hier und reißt sie ab.«

»Und dann?«, frage ich.

»Dann … ist ja hier gar nichts mehr«, flüstert Oma Schröder entsetzt.

»Ich fürchte, genau darum geht es. Er will alles neu bauen.«

Onkel Toni beugt sich vor und scrollt die Seite auf dem Bildschirm ein Stück nach oben. ALPENWELT steht da wieder in schön geschwungenen Buchstaben, mit dem Bild von einer glücklichen Gämse daneben, die ein Edelweiß im Maul hat. Und in der nächsten Zeile steht: LUXUS-BERGDORF MIT HISTORISCHEM SESSELLIFT. SKISPASS AUCH IM SOMMER!

Aber ich will es kurz machen, bevor ihr vielleicht noch glaubt, ich hätte mir das alles nur ausgedacht. Also, Herrn Großmanns Plan sieht so aus: Er will ein ganzes Feriendorf auf unserem Berg bauen! Mit so ungefähr hundert »Luxus-Almhütten«, die man mieten kann. Die Almhütten sind natürlich voll ausgestattet, mit einem eigenen Bad für jedes Zimmer und gemauerten Kaminen, in denen aber kein echtes Feuer brennt, sondern ein Bildschirm mit einem FILM von einem Feuer. Und mit beheizten Garagen für die Autos!

»Und was ist das?«, fragt Mia gerade und tippt auf ein Foto, auf dem eine echte Burg zu sehen ist, mit Türmen und Mauern. Wir brauchen einen Moment, bis wir kapieren, dass die »Burg« in Wirklichkeit der umgebaute Alpenhof ist, nur mindestens dreimal so groß wie jetzt! Also eher schon ein Schloss als eine Burg. Und da ist dann auch ganz bestimmt genug Platz für die Saunalandschaft mit dem künstlichen Wasserfall.

Dass es natürlich auch ein »Theater« mit großer Showbühne gibt, brauche ich wohl nicht mehr extra zu erwähnen, oder? Ungefähr da, wo früher Carlos Pizzeria war. Und oben auf dem Berg ist ein »typisches Dorfgasthaus mit traditioneller Küche«. Das Gasthaus soll WÜRSTLSTUBN heißen. Womit ja wohl auch klar sein dürfte, was es da zu essen gibt…

Aber der ganz große Hammer kommt erst noch! Richtig, der alte Sessellift. Der die Feriengäste demnächst wieder zum Skilaufen auf den Berg bringen soll, allerdings mit beheizten Sitzen, auf denen nachgemachte Eisbärenfelle liegen. Und zwar auch im Sommer! Weil Herr Großmann nämlich einen *Snowdome* bauen will. Das heißt, der Lift und die Piste stecken dann unter einer riesigen Glaskuppel mit Flutlicht, damit man auch nachts fahren kann. Und natürlich alles mit Kunstschnee!

»Die Sache ist klar«, sagt Onkel Toni. »Er will nicht, dass

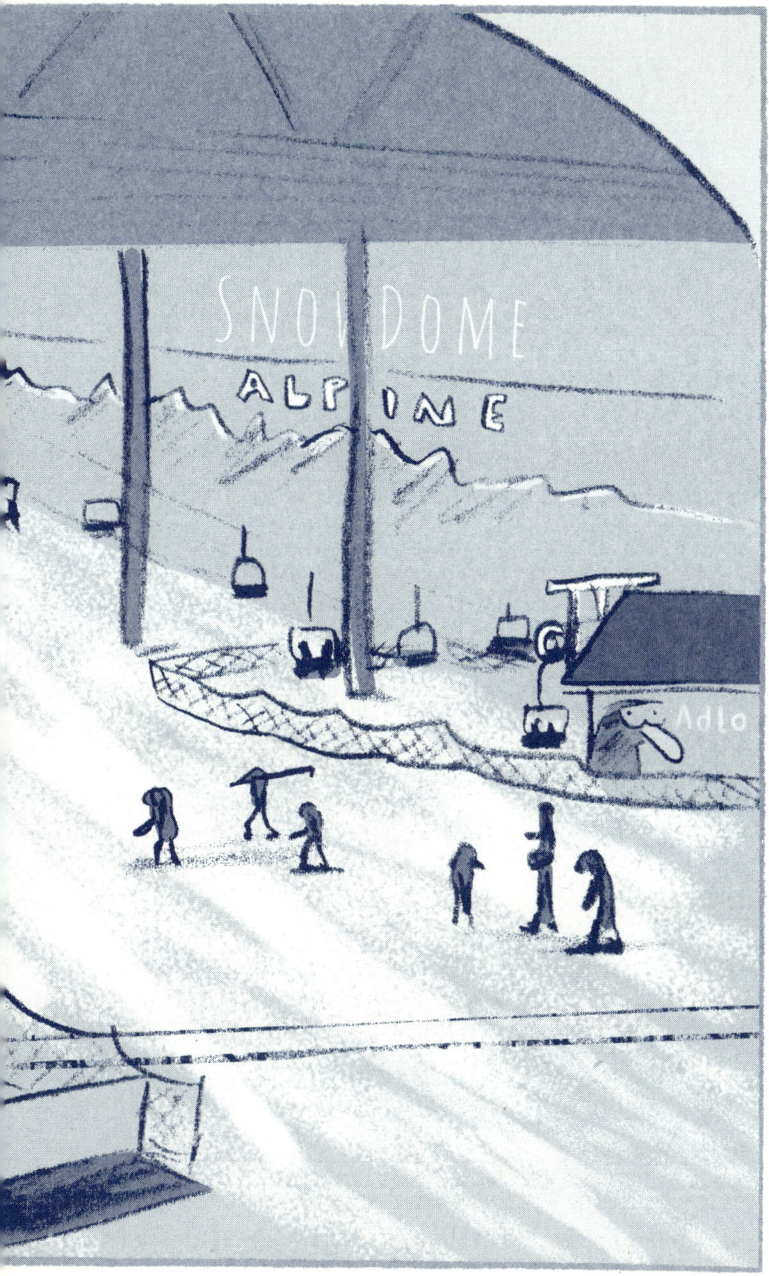
ALPINE
Adlo

vorher schon irgendjemand etwas von diesen Ideen erfährt. Damit er dann, wenn er hier alles aufgekauft und abgerissen hat, zum Bürgermeister gehen und den fertigen Plan aus der Tasche ziehen kann, wie sich jede Menge Touristen herlocken lassen, mit denen viel Geld zu verdienen ist!«, erklärt Onkel Toni wütend. »Es geht immer nur ums Geld! Dabei ist es völlig egal, wenn damit auch noch das letzte Fleckchen Natur zerstört wird.« Onkel Toni ist inzwischen vor lauter Empörung ganz rot im Gesicht. »Skilaufen im Sommer! Was glaubt ihr wohl, was so ein *Snowdome* an Energie verbraucht! Mal ganz von dem Remmidemmi abgesehen, wenn erst mal die Reisebusse ankommen, um DJ Ötzi zu sehen. Dann war's das mit der Ruhe und dem Frieden hier.«

»Und was machen wir jetzt?«, fragt Andrea.

Wir zucken alle mit den Schultern. Keiner von uns weiß eine Antwort.

»Erst mal tun wir jetzt so, als wüssten wir von nichts«, erklärt Onkel Toni. »Und unser Hotel hat er ja noch nicht. Kriegt er auch nicht, nie! Aber wir brauchen dringend eine gute Idee, wie wir ihm die Suppe versalzen. Und zwar endgültig.«

Im gleichen Moment hören wir Caruso draußen bellen. Und Oma Schröder hat kaum aus dem Fenster geblickt, als sie auch schon stammelt: »Er … kommt gerade zurück. Mit dem schwarzen Auto und seinem Chauffeur.«

Ich glaube, so schnell wie wir ist noch niemand aus einem Zimmer gestürmt. Obwohl Andrea sogar noch daran denkt, die Bettdecke wieder glattzustreichen und ihren Kochlöffel und Onkel Tonis Schneeschaufel mitzunehmen, die er neben der Tür vergessen hatte.

In letzter Sekunde schafft es Oma Schröder, das Zimmer abzuschließen, als Herr Großmann auch schon die Treppe hochgepoltert kommt. Er hat eindeutig schlechte Laune! Er wundert sich noch nicht mal, was wir alle auf dem Flur vor seinem Zimmer machen. Und warum Onkel Toni mit einer Schneeschaufel im Haus rumrennt …

»Es ist unglaublich«, stößt er hervor, während er sich an uns vorbeidrängt. »Aber das wird Konsequenzen haben! So nicht, nicht mit mir!«

Er verschwindet in seinem Zimmer. Wir können deutlich hören, wie er weiter vor sich hin schimpft. Und dann dauert es keine zwei Minuten, bis er wieder rauskommt und diesmal wortlos an uns vorbeiläuft, als wären wir gar nicht da. Gleich darauf knallt unten die Haustür ins Schloss.

»Hinterher«, sagt Mia. »Los, Max, komm!«

Wir sehen gerade noch, wie der schwarze Mercedes davonfährt. Aber Herr Großmann sitzt nicht drin, sondern stapft quer über den Hügel, ohne sich auch nur einmal umzublicken. Wir brauchen uns noch nicht mal zu verstecken, als wir hinter ihm herrennen. Und dann kapieren wir auch, wo er hinwill. Zu Carlos Pizzeria!

Mia und ich sehen gleichzeitig, was dort anders ist als beim letzten Mal. Im Fenster hängt ein großes Schild, auf dem steht: WEIHNACHTEN SCHÖNE NEUERÖFFNUNG!

Was hat das Schild in der Pizzeria zu bedeuten?
Lies morgen weiter!

18.

Dezember

Habe ich schon mal erzählt, dass »schön« Carlos absolutes Lieblingswort ist? Er sagt zum Beispiel gerne »schöne Pizza«. Oder »schöne Spaghetti«, »schöne Skier«, »schöner Schnee«.

Und jetzt sagt er zu uns gerade: »Schöne Überraschung, was?«

Na ja, also mal ganz ehrlich: Eigentlich sind wir ja sauer auf Carlo. Und das wird auch nicht besser, als er uns jetzt in die Pizzeria winkt und jedem von uns ein »schönes Skiwasser« hinstellt.

Um uns herum sieht es aus wie auf einer Baustelle. Mehrere Handwerker sind gerade dabei, die alte Einrichtung nach draußen zu schleppen, während andere schon die Wände und die Decken streichen und neue Lampen anbringen. Hinten in der Ecke neben der Tür zur Küche stapeln sich neue Stühle und Tische, und Carlos Vater rennt die ganze Zeit wild gestikulierend hin und her und brüllt irgendwas auf Italienisch.

»Was … was … läuft hier eigentlich?«, stottert Mia endlich, nachdem Carlo uns lange genug angegrinst hat. Als würde er darauf warten, dass wir gleich in begeisterte Beifallsrufe ausbrechen.

»Genau«, komme ich Mia zu Hilfe, »vielleicht sagst du uns erst mal, wo du überhaupt warst! Und warum du dich nicht gemeldet hast und …«

Und dann weiß ich nicht weiter, weil ich mir noch nicht mal sicher bin, ob ich das Ganze vielleicht nur träume.

Aber ich träume nicht. Und draußen vor dem Fenster läuft Herr Großmann zwischen den Lieferwagen auf und ab, mit seinem Handy am Ohr und einem Gesicht, als würde er am liebsten persönlich die Pizzeria in die Luft sprengen!

»Ich konnte mich nicht melden«, brüllt uns Carlo über den Lärm hinweg zu. »Ich hatte Angst, dass ich mich vielleicht verplappere, und dann wäre unser schöner Plan im Eimer gewesen.«

Er macht eine Handbewegung durch den Raum, aber erst als er weiterredet, kapieren wir so langsam, was er meint. Carlo und sein Vater wollten nämlich von Anfang an wieder zurückkommen. Ihr Plan war, nur so zu tun, als würden sie die Pizzeria verkaufen wollen! Sie haben also auf diesen komischen Brief geantwortet und zugestimmt. Das Angebot war genauso wie bei Onkel Toni – 100.000 Euro wenn sie zustimmen, und die gleiche Summe noch mal, wenn sie dann später den Vertrag unterzeichnen.

»Und wir wären ja schön blöd gewesen, wenn wir das nicht gemacht hätten«, erklärt Carlo. »Nein, keine Panik«, setzt er schnell hinzu, als er unsere empörten Gesichter sieht. »Wir haben natürlich nur die erste Hälfte kassiert. Die lag schon zwei Tage später in einem dicken Umschlag bei uns im Briefkasten. In bar, kapiert ihr? Also konnte auch niemand beweisen, dass wir das Geld jemals bekommen haben. Und zu der Vertragsunterzeichnung sind wir gar nicht erst hingegangen, sondern einfach abgehauen. Mit der Kohle, die wir schon hatten. Damit sind wir nach Italien und haben die neue Einrichtung gekauft und einen schönen Pizzaofen, viel besser als der alte! Und dann hat mein Vater schnell ein paar Leute organisiert, für die Renovierung, und wir haben meine Mutter abgeholt und jetzt sind wir wieder hier.«

Carlo strahlt uns an.

Hammer, denke ich, auf so eine Idee wären wir nie gekommen! Und auch Onkel Toni nicht, da bin ich mir sicher. Nicht ganz so sicher bin ich mir, ob ich die Idee auch wirklich gut finde. Aber andererseits hat so ein Typ wie Herr Großmann es verdient, dass man ihn reinlegt. Schließlich hat er selber ja nichts anderes vor, als … uns ALLE reinzulegen!

»Kapiert ihr? Wir haben die Typen voll reingelegt, die unseren Laden kaufen wollten, und jetzt haben wir zum ersten Mal genug Geld, um alle zusammen davon leben zu können. Und meine Mutter wird die Chefin, deshalb nennen wir die Pizzeria demnächst auch *Bei Mama*! Nach Weihnachten zieht dann auch mein Großvater hierher, und vielleicht mein Cousin und…«

»Und warum hast du dein Snowboard mitgenommen, als ihr abgehauen seid?«, unterbricht ihn Mia, bevor er noch seine ganze Verwandtschaft aufzählen kann.

Okay, ihr werdet mir zustimmen, dass das so ziemlich die dämlichste Frage war, die sie gerade stellen konnte. Und für einen Moment überlege ich ernsthaft, ob wir mein Schwesterherz wegen geistiger Umnachtung vielleicht besser ins nächste Krankenhaus bringen sollten. Aber Carlo zuckt nur mit der Schulter und sagt: »Damit es keiner klaut, solange wir nicht da sind, ist doch klar.«

Gleich darauf nickt er zum Fenster, wo Herr Großmann immer noch mit seinem Handy auf und ab läuft.

»Kennt ihr den Typen da draußen? Ich glaube, der ist uns vorhin auf der Passstraße in einem schwarzen Mercedes entgegengekommen. Er ist mir eigentlich nur aufgefallen, weil er eine Vollbremsung hingelegt hat, als er unseren Lieferwagen gesehen hat. Doch, ich bin mir sicher, dass das derselbe Typ ist…«

Womit jetzt auch klar ist, wieso Herr Großmann vorhin so schnell zurück war und uns fast noch erwischt hätte, als wir in seinem Zimmer waren. Und vor allem wieso er so sauer war!

Die nächste halbe Stunde verbringen wir also damit, Carlo erst mal alles zu erzählen, was wir inzwischen wissen. Carlo hört uns mit offenem Mund zu und flüstert nur ab und zu mal irgendwas, was ein bisschen klingt wie: »HeiligeMadonnaichgl aub'sjawohlnichtmehr.«

Aber als wir an der Stelle sind, an der wir gerade Herrn Großmanns Computer gehackt und den Ordner mit den Plänen gefunden haben, springt er auf. Carlo natürlich, nicht Herr Großmann.

»Den schnappen wir uns«, stößt er hervor. »Und zwar jetzt gleich!«

Bevor Mia und ich noch reagieren können, ruft er den Handwerkern schon irgendwas auf Italienisch zu. Und die lassen alles fallen, was sie in der Hand haben, und wollen zur Tür raus. Wahrscheinlich um Herrn Großmann auf der Stelle zu vermöbeln ...

»Nein, nicht!«, rufe ich und springe ebenfalls auf. »Halt sie zurück, Carlo!«

Die Handwerker drehen sich zu mir um.

»Was ist los?«, fragt Carlo. »Er hat doch eine schöne Abreibung verdient!«

»Aber das würde nichts ändern«, sagt jetzt Mia ganz ruhig. »Außer dass ihr richtig schönen Ärger bekommt.«

»Und er weiß ja noch gar nicht, dass wir an seinem Computer waren«, setze ich schnell hinzu. »Es ist besser, wenn das erst mal so bleibt, bis wir einen Plan haben!«

Carlo sieht nicht besonders überzeugt aus, aber er nickt und sagt: »Okay. Weil ihr es seid. Trotzdem schade.«

Die Handwerker gehen zurück an die Arbeit. Herr Großmann muss allerdings irgendwas gemerkt haben, als wir wieder zum Fenster blicken, ist er verschwunden. Aber dafür sehen wir jemand anderen, den wir auch kennen.

Wen sehen Max und Mia vor dem Fenster?
Lies morgen weiter!

19.

Dezember

Jetzt ist es schon wieder zwei Tage her, seit Carlo zurückgekommen ist. Inzwischen hängt auch das neue Schild über der Pizzeria: *Bei Mama*. Und die italienischen Handwerker sind immer noch da und arbeiten sogar nachts, damit bis Weihnachten alles rechtzeitig fertig wird.

Carlo hat natürlich Ärger in der Schule bekommen, weil er ja die ganze Zeit unentschuldigt gefehlt hat. Aber sein Vater hat ihm nachträglich eine Entschuldigung geschrieben: *Carlo konnte nicht kommen, weil er in Italien war.*

Unsere Lehrerin war nicht wirklich überzeugt von der Begründung, aber Carlo hat sie schnell in die Pizzeria eingeladen und irgendwas davon gefaselt, dass er dann extra für sie eine Pizza machen würde, »*nach der Sie sich alle zehn Finger schlecken und die Sie nie vergessen werden*«.

Ich habe ohnehin den Verdacht, dass Carlo auf seiner Italienreise ein paar Sachen von der Verwandtschaft gelernt hat, die er vorher noch nicht kannte. Dafür würde auch sprechen, dass er mit keinem Wort erwähnt hat, WANN er die Lehrerin eigentlich einladen will.

Aber wahrscheinlich fragt ihr euch schon, wann ich jetzt endlich mal damit rausrücke, wen wir vor dem Fenster der Pizzeria gesehen haben, nachdem Herr Großmann verschwunden war. Und mir ist schon klar, dass ihr von alleine nie darauf kommen könnt! Wobei ich vorher vielleicht schnell noch erwähnen sollte, dass wir Herrn Großmann inzwischen nicht mehr »Herr Großmann« nennen. Sondern nur noch *Das große G.*, abgekürzt: GG. Sozusagen als Codename. Wie bei der Kriminalpolizei, wenn sie einen besonders schwierigen Fall haben und *undercover* ermitteln müssen.

Okay, jetzt aber: Erinnert ihr euch noch an den Kuhbauern? Mit dem wir neulich geredet haben, als er gerade seine Kühe verladen hat? Genau um den geht es! Der stand nämlich vor der Pizzeria. Und wollte mit Carlos Vater sprechen. Was allerdings ein bisschen schwierig war, weil Carlos Vater den Dialekt vom Kuhbauern noch weniger versteht als wir. Also praktisch gar nicht! Und der Kuhbauer hat Schwierigkeiten mit dem Deutsch von Carlos Vater. Weshalb Carlo dann übersetzen sollte. Hat er auch gemacht. Und es ist gut möglich, dass auch Carlo ein paar Sachen nicht ganz richtig verstanden hat, aber unterm Strich lief es so ungefähr darauf raus, dass der Kuhbauer sich die italienischen Handwerker ausleihen wollte.

»Damit sie ihm sein Haus umbauen, wenn sie mit der Pizzeria fertig sind«, hat Carlo uns erzählt, nachdem das Gespräch beendet war.

»Hä? Ich denke, er zieht weg?«, hat Mia sofort gefragt.

»Eben nicht! Er sagt, dass er irgendwoher ein bisschen Geld bekommen hätte. Und jetzt bleibt er hier und will sein Haus umbauen. Außerdem hat er noch gesagt, dass ihn die Kühe sowieso genervt hätten. Deshalb sollen die Handwerker auch gleich noch den alten Kuhstall abreißen und einen funkelnagelneuen Stall bauen – für irgendwelche besonderen Ziegen, die er sich kaufen will und die eine ganz weiche Wolle haben, aus der man schöne Pullover stricken kann. Und mit den Pullovern will seine Tochter einen Laden im Dorf aufmachen!«

»Wahnsinn!«, hat Mia gestammelt.

Und ich glaube, wir hatten beide den gleichen Gedanken. Es schien so, als ob GGs Plan erst mal gründlich danebengegangen wäre. Ganz offensichtlich hatte also auch der Kuhbauer einfach die erste Hälfte von GGs Geld kassiert – aber er hat nie vorgehabt, wirklich aus Unterberg wegzuziehen!

Erst als wir Carlos Grinsen bemerkt haben, wurde uns klar, dass es da noch was gab, was Carlo bisher nicht erzählt hatte. Und wir haben eine ganze Weile gebraucht, um schließlich

rauszukriegen, dass Carlo an diesem Tag nicht zum ersten Mal den Übersetzer zwischen seinem Vater und dem Kuhbauern gespielt hat. Die beiden Männer hatten nämlich schon vorher miteinander geredet, *bevor* Carlo nach Italien gefahren war...

Alles klar?

Natürlich haben wir gleich überlegt, ob das vielleicht die Lösung für alle Probleme sein könnte. Also auch für uns und Onkel Tonis Hotel!

Nämlich so: Wir kassieren ein bisschen Schwarzgeld und hauen aber trotzdem nicht ab. Sondern bauen das Hotel um. Und zwar mit mindestens FÜNF Kleiderhaken in jedem Zimmer!

Aber wir haben schnell kapiert, dass der Trick wahrscheinlich nicht noch mal funktionieren würde. Weil GG inzwischen ja mit Sicherheit gemerkt hat, dass er schon zweimal reingelegt worden ist. Außerdem wären Andrea und Onkel Toni mit dem Schwarzgeld-Trick sowieso nicht einverstanden. Dazu sind sie nämlich viel zu ehrlich! Und deshalb brauchten wir dringend eine neue Idee, um GG zu stoppen!

Nur leider sind wir bisher noch kein Stück weiter. Es fällt uns einfach nichts ein. Null, niente, nada. Klar, wir könnten im ganzen Dorf Handzettel verteilen und eine Demo machen. Aber das Problem ist, dass wir ja keine Beweise haben. Was wir auf GGs Laptop gefunden haben, können wir nicht verwenden. Weil wir ja in sein Zimmer eingebrochen sind und den Computer gehackt haben. Und jede Wette, dass GG uns sofort anzeigen würde. Und dann wahrscheinlich auch noch behaupten, dass die Pläne in seinem Computer nur eine Spielerei von ihm sind, die er gar nicht ernst meint. Und sich irgendwas auszudenken, ist schließlich nicht verboten!

Aber alles andere können wir nicht beweisen. Weil er glatt abstreiten wird, dass die Briefe von ihm gekommen sind. Und das Geld, das Carlos Vater im Briefkasten gefunden hat, war in einem Umschlag ohne Absender. Bei dem Kuhbauern war es mit Sicherheit genauso. Mit anderen Worten: Wir können nichts machen. Und wenn uns nicht ganz schnell noch was einfällt, dann baut er sein bescheuertes Feriendorf mit der Disco und dem Snowdome trotzdem. Einfach um unser Hotel herum. Und um die Pizzeria und den neuen Ziegenstall vom alten Kuhbauern …

Jetzt hocken wir gerade mit Oma Schröder vor dem Computer an der Rezeption. GG ist schon gleich nach dem Frühstück mit dem schwarzen Mercedes abgeholt worden. Genauso wie gestern. Er hat auch noch kein Wort wieder mit uns geredet. Als würde er ahnen, dass wir mehr wissen, als ihm lieb sein kann. Und wir haben gehört, dass die halbe Nacht über der Wasserhahn bei ihm im Zimmer aufgedreht war. Er hat also ununterbrochen telefoniert!

Aber gerade eben hat Oma Schröder im Internet etwas entdeckt, was uns vielleicht endlich weiterhilft.

Was hat Oma Schröder im Internet gefunden?
Lies morgen weiter!

20.

Dezember

Oma Schröder ist so aufgeregt, dass sie kaum die Maustaste ruhig halten kann. »Da!«, sagt sie. »Das ist er!« Ihr Zeigefinger zittert, als sie auf das Foto auf dem Bildschirm tippt.

Und da ist tatsächlich GG zu sehen. Mit Anzug und Schlips. Wie er gerade mit einem Spaten in der Hand auf einem Acker steht und zufrieden in die Kamera blickt. Ein dicker Mann mit Glatze klopft ihm auf die Schulter und ein jüngerer Typ hält eine Flasche Sekt ins Bild.

Wir erkennen auch den jüngeren Typen sofort. Obwohl er diesmal keine Chauffeursmütze aufhat…

Oma Schröder scrollt ein Stück nach unten, sodass wir die Bildunterschrift lesen können.

Bürgermeister Lippold mit Vater und Sohn Grossinski beim Spatenstich für den neuen Snowdome!

»GG heißt gar nicht Großmann«, flüstert Mia.

»Und der Chauffeur ist in Wirklichkeit sein Sohn«, ergänze ich.

»Ahuuuh!«, jault Caruso.

Also, nicht dass ihr denkt, wir wären vorher noch nie auf die Idee gekommen, das Internet zu durchsuchen! Aber wir haben natürlich nichts finden können, weil wir ja unter dem falschen Namen gesucht haben. Bis Oma Schröder das Stichwort *Snowdome* in die Suchmaschine eingegeben hat.

Wenn Oma Schröder mal keine Lust mehr hat, bei uns als Empfangsdame zu arbeiten, sollte sie unbedingt zur Kriminalpolizei gehen. Und wenn das nicht klappt, könnte ich sie mir auch gut als »Tatort-Kommissarin« vorstellen. Am besten in einer Folge, in der es um einen Typen geht, der mit miesen Tricks versucht, ein kleines, friedliches Bergdorf in eine Disco-Hölle zu verwandeln. Und Hauptkommissarin Schröder findet mit ihren cleveren Assistenten heraus, dass der Typ das nicht zum ersten Mal macht, sondern schon lange jede Menge Dreck am Stecken hat!

Genau darum geht es nämlich in dem Artikel. Großmann alias Grossinski, Codename GG, hat vor zwei Jahren schon mal einen Snowdome gebaut. Irgendwo im Schwarzwald. Mit Luxus-Feriendorf und Disco und Showbühne, also alles wie auf den Plänen, die wir in seinem Computer gefunden haben. Aber irgendwie hat das Ganze nicht richtig funktioniert. Weil die meisten Touristen gar nicht Tag und Nacht irgendwelchen Lärm haben wollen. Sondern lieber in Ruhe Ski laufen und sich freuen, wenn ganz leise ein paar Schneeflocken vom Himmel herunterschweben. Echte Schneeflocken, die nicht aus dröhnenden Schneekanonen kommen! Außerdem war der *Snowdome* viel zu teuer für normale Leute. Und die, die genug Geld gehabt hätten, um es sich leisten zu können, sind lieber gleich in irgendeinen berühmten Wichtigtuer-Remmidemmi-Skiort gefahren, statt in dieses Kaff im Schwarzwald, das keiner kannte.

Das Projekt hat also Pleite gemacht. Und jetzt hoffe ich nur, dass ihr aufgepasst habt! Das PROJEKT hat Pleite gemacht, aber nicht GG. Der hatte nämlich einen Vertrag mit dem Dorf! In dem Vertrag stand, dass GG jedes Jahr eine Menge Geld dafür bekommt, dass er den Snowdome und den anderen Quatsch gebaut hat. Und zwar für mindestens fünf Jahre! Und egal was in der Zwischenzeit passiert, also auch dann, wenn irgendwas schiefgeht. Wenn zum Beispiel der Meeresspiegel so stark ansteigt, dass der Schwarzwald in der Nordsee versinkt. Oder auch nur, wenn keine Touristen kommen und das Ganze sich als großer Flop herausstellt. Kapiert?

Das Dorf hat den Quatsch tatsächlich unterschrieben, und GG hat ein paar Millionen dafür kassiert, dass GAR NICHTS gelaufen ist!

»So macht er also sein Geld«, stellt Hauptkommissarin Schröder fest.

Ihre beiden cleveren Assistenten nicken und schütteln ratlos die Köpfe. Und der Neue im Team, der mit den Schlappohren, schleckt vor lauter Entsetzen nur den Fußboden ab, weil er nicht weiß, was er sonst machen soll ...

Genau in dem Moment kommt Onkel Toni zur Tür rein.

»Wir haben ihn!«, sagt Oma Schröder zur Begrüßung.

»Und es ist noch viel schlimmer, als wir gedacht hatten«, erklärt Mia.

»Setz dich lieber erst mal hin«, warne ich Onkel Toni. »Oder halt dich irgendwo gut fest!«

Mia holt Andrea aus der Küche. Und dann erzählen wir ihr und Onkel Toni, was wir rausgekriegt haben. Woraufhin Onkel Toni mit der Faust auf den Tresen haut. Der Computer hüpft vor Schreck in die Höhe, der Bildschirm flackert kurz und wird dann schwarz. Und Onkel Toni brüllt: »Ja, stell dich ruhig tot! Mach es einfach so wie alle anderen auch!«

Natürlich blicken wir erst mal nicht durch, was er überhaupt meint. Also, es ist schon klar, Onkel Toni war mal Schauspieler und macht deshalb manchmal komische Sachen. Aber dass er mit Computern redet, ist nun wirklich neu. Und wir sind ziemlich erleichtert, als er dann gleich darauf berichtet, wo er gerade herkommt.

»Ich war beim Bürgermeister«, sagt er. »Aber der wollte gar nicht hören, was ich ihm über diesen feinen Herrn Großmann erzählt habe. Vielleicht hat er auch geglaubt, ich hätte mir das alles nur ausgedacht, was Großmann hier vorhat. Und zum Schluss hat er nur gemeint, dass man das doch diskutieren könnte, wenn Großmann mit seinem Plan kommt. *Ein paar Attraktionen, um mehr Touristen anzulocken, sind doch nicht verkehrt*, hat er gesagt. Stellt euch das mal vor!«

»Der Bürgermeister würde wahrscheinlich auch so einen Vertrag unterschreiben«, sagt Andrea leise.

Dann erzählt Onkel Toni noch, dass er auch bei der Polizei gewesen ist. Aber die haben ihn wieder weggeschickt. Weil es keine Beweise gibt, dass GG hinter der ganzen Sache steckt. »Die anonymen Briefe wären ganz sicher nur ein Witz, haben sie behauptet«, sagt Onkel Toni empört. »Und wenn Carlos Vater und der Kuhbauer Geld geschenkt bekommen haben, wäre das schließlich nicht verboten. Ich bin dann gleich noch zum Sportgeschäft gegangen, aber die wollten nicht mit mir reden. Und die alte Frau aus dem Haus hinter Carlos Pizzeria ist schon im Altersheim in der Stadt, da kriegen wir jetzt auch nichts raus…«

Mitten in Onkel Tonis letzten Satz hinein meldet Mias Handy eine neue Nachricht.

»Carlo«, flüstert sie mit einem Blick auf das Display, bevor sie die SMS öffnet.

Hat Carlo etwas Neues herausgefunden?
Lies morgen weiter!

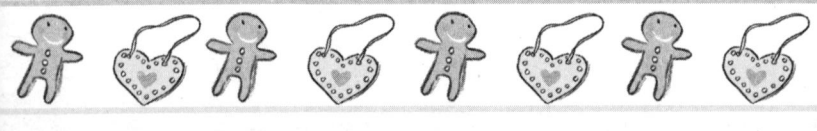

Dezember

Carlos Nachricht ist mal wieder typisch für ihn! ICH HAB WAS RAUSGEKRIEGT, hat er geschrieben. Und das war's. Kein Wort weiter, nichts. Okay, er meint wahrscheinlich nicht, dass er rausgefunden hat, wie der neue Pizzaofen bei ihnen funktioniert. Oder dass sie in den Wetternachrichten für die nächsten Tage Schneetreiben angesagt haben. Sondern es geht natürlich um GG, so viel ist schon klar.

Aber bevor wir Carlo anrufen können, um zu fragen, ob es vielleicht ein bisschen genauer geht, kommt auch schon GG höchstpersönlich zur Tür rein. Er nickt nur kurz und latscht an uns vorbei zur Treppe. Wir starren noch hinter ihm her, als die Tür schon wieder aufgeht. Und diesmal ist es Carlo!

»Ist er weg?«, flüstert Carlo.

»Gerade hoch in sein Zimmer«, sagt Mia.

Carlo blickt sich um, als wollte er sich sicher sein, dass wirklich niemand außer uns da ist. Und als im selben Moment einer der Holländer aus dem Gastraum kommt, guckt Carlo an die Decke. Als wäre er gerade dabei, die toten Fliegen zu zählen, die da in den Spinnweben hängen. Zu allem Überfluss fängt er auch noch an zu pfeifen! Bis der Holländer wieder verschwunden ist. Und dann fängt er endlich an zu erzählen. Dass er uns eigentlich nur schnell mal besuchen wollte, aber dann den schwarzen Mercedes gesehen hat, der gerade mit GG aus der Stadt zurückkam.

»Also habe ich mich schnell hinter den Motorschlitten geduckt! Der Fahrer hat GG die Tür aufgehalten und ich habe genau gehört, was sie zum Abschied geredet haben.«

Jetzt kommt's, denkt ihr wahrscheinlich. Aber ich fürchte, ich muss euch enttäuschen. Das Einzige, was Carlo nämlich rausgekriegt hat, ist, wie wir vielleicht was rauskriegen. Vielleicht!

»Sie haben sich für morgen verabredet«, erzählt Carlo.

»Zwölf Uhr. Am alten Lift! Alles klar? Wir müssen also nur vor ihnen da sein und uns verstecken. Dann können wir sie belauschen.«

Er blickt irritiert von einem zum anderen, als wir alle nur mit der Schulter zucken. Und keiner von uns ihm auf die Schulter klopft und sagt: »Großartig, Carlo! Ein schöner Plan, wirklich!«

»Erzählt ihm, was wir inzwischen wissen«, sagt Onkel Toni stattdessen. Und dreht sich um und verschwindet in der Küche. Andrea folgt ihm. Und Oma Schröder meint leise: »Wenn nicht noch ein Wunder geschieht, dann war's das.«

»Hä?«, macht Carlo und tippt sich an die Stirn. »Was geht denn bei euch ab?«

Natürlich erzählen wir ihm dann auch noch, dass Onkel Toni beim Bürgermeister und bei der Polizei war. Nur eben leider umsonst!

»Wir brauchen einen Plan, um GG und seinen Sohn zu stoppen«, erklärt Mia.

»Aber das Problem ist, dass wir keinen Plan haben«, sage ich. »Und es bringt auch nichts, wenn wir uns da morgen am alten Lift verstecken, um sie zu belauschen. Wir wissen ja schon alles! Wir wissen nur nicht, was wir dagegen tun können.«

Aber ich will es kurz machen:

1. Uns fällt nichts ein.

2. Carlo fällt auch nichts ein. Außer dass wir GG vielleicht Gift ins Essen streuen könnten. Was wir aber für keine so gute Idee halten.

3. Carlo geht nach Hause.

4. Wir schlafen eher schlecht und träumen jede Menge wirres Zeug.

5. Wir wachen wieder auf.

6. Es ist immer noch kein Wunder passiert.

7. Wir gehen zur Schule …

In der vierten Stunde fragt die Lehrerin gerade englische Vokabeln ab, als Carlo plötzlich kreidebleich wird und sich die Hände auf den Bauch presst.

»Was ist los, Carlo?«, fragt die Lehrerin.

»Mir ist schlecht«, stöhnt Carlo. »Ich glaube, ich hab mir den Magen verdorben.«

»Am besten gehst du nach Hause. Schaffst du das alleine?«

»Kein Ding«, ruft Carlo und springt auf. Er ist so schnell aus dem Klassenzimmer raus, dass die Lehrerin noch nicht mal mehr Zeit hat, sich zu wundern, wieso seine Magenschmerzen von einem Moment zum nächsten ganz offensichtlich wieder verschwunden sind.

Mia und ich wissen natürlich, worum es geht. Carlo will zum alten Lift, völlig klar! Aber wir können ja jetzt nicht auch noch plötzlich Magenschmerzen bekommen, das wäre zu auffällig. Also halten wir brav durch, bis es endlich klingelt. Und dann sind wir kaum an der Bushaltestelle, als Mias Handy wieder eine Nachricht anzeigt.

KOMMT SCHNELL, hat Carlo diesmal getippt, ICH BIN HINTER IHNEN HER ABER ICH GLAUBE SIE HABEN MICH ENT

Ende der Nachricht. Mitten im Wort!

»Sie haben ihn entdeckt!«, stammelt Mia.

Der nächste Bus kommt erst in einer Viertelstunde. Und dann würden wir noch mal zehn Minuten brauchen, bis wir an der Haltestelle am alten Lift sind. Aber wenn wir jetzt gleich losrennen, schaffen wir den Weg vielleicht schneller …

»Los!«, rufe ich. »Wir rennen!«

Das letzte Stück aus dem Dorf raus und den Berg hoch kommt mir ungefähr so vor, als würden wir gerade im Dauerlauf 500 Treppenstufen raufhetzen. Und dann sind wir da. Und der schwarze Mercedes steht auch da. Nur von Carlo ist nichts zu sehen. Und genauso wenig von GG und seinem Sohn.

Mia zeigt auf die frischen Fußspuren im Schnee, die zu dem Kassenhäuschen hinüberführen. Drei Fußspuren, zwei große und eine kleinere.

Die Tür steht offen und klappert leise im Wind. Ein bisschen Schnee ist in den Vorraum geweht, die Abdrücke der Stiefel sind deutlich zu erkennen. Vor uns ist jetzt eine weitere Tür. Eine Eisentür mit der Aufschrift: ZUTRITT VERBOTEN. Dahinter ist der Maschinenraum. Mit den großen Zahnrädern, die früher die Stahlseile des Lifts angetrieben haben.

Mia hebt die Hand.

»Sei mal still! Ich höre was …«

Jetzt höre ich es auch. Das ist eindeutig die Stimme von GG!

»So, Bürschchen, jetzt erzählst du uns mal genau, was du hier machst. Los, raus mit der Sprache! Was weißt du?«

Als Carlo antwortet, halten Mia und ich vor Aufregung den Atem an.

»Au! Lassen Sie mich los! Ich habe genau gehört, was Sie eben geredet haben! Sie … Sie wollen hier alles plattmachen. Aber weil mein Vater nicht verkauft und Onkel Toni auch nicht, wollen sie den Snowdome und das Feriendorf einfach drumrum bauen. Und dann … und dann …«

»Es reicht«, flüstert Mia mir zu. »Auf drei!«

Ich nicke.

»Eins, zwei, drei …«

Mia reißt die Tür auf. Wir stürmen in den Maschinenraum, als wären wir so was wie das Einsatzkommando der Polizei.

Was passiert, als Max und Mia in den Raum kommen? Lies morgen weiter!

22.

Dezember

Sorry, Leute, aber ich kann es euch eigentlich nicht genau erklären. Sicher ist nur, dass Mia und ich wiedermal im selben Moment den gleichen Gedanken gehabt haben müssen. Und zwar nicht nur, wie wir Carlo retten, sondern auch uns und das ganze Dorf. Ich sag's ja: Wir sind echt gut. Und als Team sozusagen unschlagbar!

Wir stürmen also in den Maschinenraum.

»Lassen Sie sofort Carlo los!«, brüllt Mia.

»Er gehört zu uns!«, brülle ich. »Und wir wissen alles!«

Großmann alias Grossinski, Codename GG, und sein falscher Chauffeur starren uns an, als wären wir zwei Außerirdische.

»Ihr jetzt auch noch?«, stammelt GG, nachdem er sich von seinem ersten Schrecken erholt hat.

»Ich hab's dir gleich gesagt, Papa«, regt sich sein Sohn auf. »Die stecken alle unter einer Decke!«

»Machen Sie jetzt keinen Fehler«, erwidert Mia ganz cool.

»Lassen sie unseren Freund los und wir erklären Ihnen alles«, sage ich. Mindestens genauso cool.

GG stößt Carlo auf uns zu.

»Tut mir leid«, flüstert Carlo, als ich ihn gerade noch festhalten kann, bevor er stolpert. »Ich hab's verbockt…«

»Alles im grünen Bereich«, flüstere ich zurück. »Lass uns mal machen.«

»Reden wir«, sagt Mia laut. »Es war sowieso dumm von uns, dass wir nicht schon längst zu ihnen gekommen sind.«

»Wir wissen ja schon länger, was Sie vorhaben«, mache ich weiter. »Und das ist echt cool. Klasse Idee!«

»Was?«, fragen GG und sein Sohn gleichzeitig.

»Hä?«, macht Carlo neben mir. »Spinnst du jetzt?«

Ich verpasse ihm schnell einen Stoß mit dem Ellenbogen, bevor ich weiterrede.

»Wir waren in Ihrem Zimmer und haben den Plan und die

Fotos an der Wand gesehen. Und dann haben wir nur noch eins und eins zusammenzählen müssen und …«

»Ihr seid in mein Zimmer eingebrochen?«, unterbricht mich GG. »Das wird euch teuer zu stehen kommen. Dafür zeige ich euch an!«

»Es hat nach Feuer gerochen«, erklärt Mia ganz ruhig. »Was sollten wir da machen?«

»Aber Ihr Plan ist große Klasse«, setze ich schnell hinzu, bevor er noch etwas sagen kann. »Und natürlich ist uns dann auch wieder eingefallen, was Sie uns da oben auf dem Berg gefragt haben, ob es nicht langweilig hier ist, so ganz ohne Attraktionen und so. Und das stimmt. Sie haben völlig recht. Deshalb kommen wahrscheinlich auch so wenig Touristen hierher. Weil nichts los ist, ist ja logisch!«

Okay, Leute, nur für den Fall, dass ihr mir gerade genauso wenig folgen könnt wie Carlo – mit Mia und mir ist alles in Ordnung, keine Panik! Wir wissen, was wir tun …

»Das Problem ist nur, dass Onkel Toni irgendwie … ein bisschen hinter dem Mond ist«, macht Mia schon weiter.

»Er will einfach nicht einsehen, dass ein Snowdome mit Disco und allem genau das Richtige wäre«, sage ich. »Aber wir haben ihn fast so weit. Geben Sie uns noch bis Weihnachten Zeit, um ihn zu überzeugen. Wir sind auf Ihrer Seite. Wir kriegen das hin.«

Ich habe fast schon Sorge, dass wir gerade zu dick auftragen. GG und sein Sohn starren uns mit offenen Mündern an. Und Carlo muss langsam blaue Flecke haben von den Ellenbogenstößen, die ich ihm die ganze Zeit über versetze, damit er den Mund hält.

Aber es scheint zu klappen! GG zieht seinen Sohn ein Stück zur Seite. Sie flüstern irgendwas miteinander. Dann nickt der Sohn und läuft wortlos an uns vorbei nach draußen.

»Bis Weihnachten. Und keinen Tag länger!«, zischt GG, bevor er ihm folgt.

Wir warten noch, bis die Tür hinter ihm zuklappt. Dann drehen wir uns zu Carlo, um ihm zu erklären, was unser Plan ist.

»Ist doch logisch«, sagt Mia. »Wenn GG glauben würde, dass wir ihn reinlegen wollen, dann hätten wir keine Chance gegen ihn.«

»Aber jetzt glaubt er, dass wir auf seiner Seite sind«, mache ich weiter.

»Und ... was ist jetzt euer Plan?«, fragt Carlo.

»Ihn reinlegen«, antwortet Mia. Sie blickt zu mir, als wüsste sie nicht weiter.

»Genau«, sage ich. »Wir sind jetzt so was wie seine Freunde. Und wir haben ihm gerade versprochen, dass wir Onkel Toni überzeugen werden, sein Hotel zu verkaufen. Weil ein Snowdome genau das ist, was uns hier fehlt.«

Mia nickt.

»Aber in Wirklichkeit machen wir es genau andersrum! Wir überzeugen GG, dass ein Snowdome totaler Quatsch ist. Leider! Obwohl wir selber ja nichts lieber hätten als so eine Glaskuppel über dem halben Berg, unter der man sogar im Sommer Ski laufen kann ...«

Na ja, wahrscheinlich habt ihr schon gemerkt, dass unser Plan noch nicht ganz perfekt ist. Aber die Richtung stimmt! Jetzt muss uns nur noch was einfallen, wie wir das Ganze hinbiegen, dass es klappt.

»Verstehst du?«, sage ich zu Carlo. »Wir sind kurz davor, das Dorf zu retten!«

»Ihr spinnt«, meint Carlo. »Das wird nie was. Die Idee ist so bescheuert, dass ihr sie euch am besten gleich wieder abschminkt. – Was ist? Was habt ihr?«, fragt er gleich darauf, als er sieht, wie Mia und ich uns anblicken.

»Schminke!«, sagt Mia. »Danke für das Stichwort, Carlo!«

»Hä?«, macht Carlo.

»Onkel Toni«, sage ich, während die Gedanken in meinem Kopf Purzelbäume schlagen. »Schauspieler. Weihnachtsstück…«

»Passt!«, nickt Mia.

»Ihr spinnt!«, wiederholt Carlo. Er zuckt mit der Schulter, als wäre uns beim besten Willen nicht mehr zu helfen, und drückt sich an uns vorbei zur Tür. »Wenn ihr wieder normal seid, wisst ihr ja, wo ihr mich findet…«

So ähnlich ist auch die Reaktion, als wir zurück ins Hotel kommen. Nur dass sie da nicht einfach durch die Tür verschwinden können, weil wir genau davorstehen. Vor der Küchentür. Und von innen natürlich.

»Ihr spinnt«, sagt Andrea.

»Das wird nie was«, sagt Oma Schröder.

»Die Idee ist so bescheuert, dass sie schon wieder gut ist«, sagt Onkel Toni.

Mia und ich grinsen uns an. Wir wussten es ja – auf Onkel Toni ist Verlass. Zumindest wenn man ihm so ein Stichwort wie »Schminke« hinwirft. Und ihm die Hauptrolle verspricht!

»Aber ohne ein bisschen Druck wird's nicht gehen«, überlegt er jetzt. »Am besten machen wir das wie in einem Theaterstück von dem berühmten englischen Dichter William Shakespeare: Erst fängt alles schön an, dann passieren ein paar merkwürdige Sachen und plötzlich wird es gefährlich, aber am Schluss haben alle was draus gelernt!«

Wie wird es gelingen, GG zu überzeugen?
Lies morgen weiter!

23.

Dezember

Morgen ist schon Heiligabend! Aber wir haben entschieden, dass wir so lange nicht warten wollen. Wir ziehen unser Ding heute noch durch. Heute Abend! Und wenn alles gut geht, dann können wir morgen in aller Ruhe Weihnachten feiern. Und vor allem brauchen wir uns noch nicht mal mehr Gedanken über irgendwelche Weihnachtsgeschenke zu machen. Weil es als Geschenk völlig reicht, wenn wir mal eben das Dorf gerettet haben und Onkel Tonis Hotel so lange weiter existiert, bis auch der letzte Kleiderhaken von der Wand gefallen ist.

Nein, keine Sorge, Leute, das mit dem Kleiderhaken wird nicht passieren! Carlos Vater hat nämlich schon gesagt, dass er uns seine Handwerker-Kumpels rüberschicken will, damit sie auch bei uns ein bisschen renovieren. Wenn sie mit der Pizzeria und dem neuen Haus vom alten Kuhbauern fertig sind …

Aber erst mal haben wir noch jede Menge zu tun, bevor wir an Weihnachten überhaupt DENKEN können. Und eben kommen wir gerade aus der Schule. Die Lehrerin hat uns schöne Ferien gewünscht, aber es war ganz deutlich zu merken, dass sie immer noch ein bisschen enttäuscht ist, weil das Krippenspiel nicht stattfindet.

»Nächstes Jahr machen wir das ganz anders«, hat sie dann auch zum Abschied gesagt. »Ich schreibe selber ein Stück! Und dann gibt es keine Diskussion darüber, wer was spielt. Es wird einfach gemacht, was ich sage.«

Sie hat zum Glück gar nicht gemerkt, dass fast die ganze Klasse angefangen hat zu kichern. Weil wir ja gestern noch mit allen gesprochen haben. Und weil alle Bescheid wissen und alle mitmachen. Bei UNSEREM Theaterstück. Das Onkel Toni letzte Nacht geschrieben hat, während meine Mutter und Oma Schröder schon die ersten Kostüme genäht haben.

In dem Stück gibt es übrigens sogar eine Rolle für den Schachtelhuber Xaver!

Caruso wird auch mitspielen, allerdings erst ganz zum Schluss. Und Andrea hat noch ein Problem mit seinem Kostüm. Bei der ersten Anprobe hat er jedenfalls gleich versucht, den Stoff in lauter kleine Fetzen zu zerlegen. Ich hoffe nur, dass er sich noch rechtzeitig an seine Rolle gewöhnt. Aber wenigstens braucht er keinen Text zu lernen!

Ganz im Gegensatz zu meinem Vater! Habe ich schon erzählt, dass mein Vater da ist? Ist er nämlich. Er war ein bisschen irritiert, als wir ihm erklärt haben, dass er der Einzige ist, der kein Kostüm braucht. Sondern nur eine Sonnenbrille und einen falschen Bart. Aber dafür hat er jede Menge Text, den er bis heute Abend auswendig können muss. Bestimmt hat er gedacht, dass er einfach nur Ferien mit uns machen kann, aber da hat er sich gründlich geirrt.

»Wir brauchen jeden Mann«, hat Onkel Toni gesagt. »Und ohne dich läuft es nicht.«

Andrea hat ihn dann schnell noch damit getröstet, dass sie ihm jeden Tag sein Lieblingsessen kocht, wenn erst mal alles vorbei ist.

»Aber nur, wenn du deinen Text ordentlich aufgesagt hast«, hat Onkel Toni hinzugesetzt.

Vielleicht sollte ich schnell noch erzählen, dass auch GG eine Rolle in unserem Stück spielt. Nur dass er noch nichts davon weiß! Und wenn er es kapiert, wird es zu spät sein.

Ach ja, und das Wetter spielt natürlich auch mit. Noch schneit es ein bisschen, aber in den Wetternachrichten haben sie angesagt, dass sich die Wolken bald verziehen und wir eine sternenklare Nacht bekommen. Mit anderen Worten: Es passt alles!

Trotzdem werden Mia und ich langsam nervös. Und als Andrea endlich mit den Kostümen fertig ist und Onkel Toni keine fünf Minuten später mit dem Motorschlitten im Schneetrei-

ben verschwindet, würden wir am liebsten unseren ganzen Plan vergessen und stattdessen den Holländern dabei helfen, den Weihnachtsbaum im Gastraum zu schmücken. Aber genau da klingelt das Telefon am Empfangstresen. Genau drei Mal, wie wir es abgesprochen haben. Und Oma Schröder nickt uns zu und hält den Daumen hoch – es geht los!

Wir steigen also die Treppe hoch und klopfen an GGs Zimmertür.

»Sie müssen sich schnell was anziehen und mitkommen«, sagt Mia, kaum dass GG die Tür geöffnet hat. »Unser Onkel will mit ihnen über den Verkauf reden.«

»Aber nicht hier«, setze ich hinzu und hoffe, dass GG uns die Geschichte abnimmt, ohne Verdacht zu schöpfen. »Er hat Angst, dass meine Mutter irgendwas mitkriegen könnte. Deshalb sollen wir Sie auf den Berg bringen. Onkel Toni ist schon oben und wartet auf uns.«

GG zieht zwar irritiert die Augenbrauen zusammen, aber dann greift er doch ohne ein Wort nach seinem Mantel und der Elchmütze und folgt uns.

»Wenn wir uns beeilen, kriegen wir noch die letzte Gondel!«, ruft Mia ihm über die Schulter zu, während wir schon die Treppe runterpoltern.

Ich pfeife nach Caruso, der sich freut, dass er mitdarf, und schwanzwedelnd vor uns herläuft, als würde er genau wissen, dass es jetzt Wichtigeres gibt, als alle paar Meter anzuhalten, um Schnee zu fressen.

GG ist ziemlich außer Atem, als wir an der Talstation ankommen. Nacheinander steigen wir in die Gondel. Und GG zuckt erschreckt zusammen, als plötzlich dieser fremde Typ mit Sonnenbrille und Bart auftaucht und sich in letzter Sekunde hinter uns durch die Tür quetscht.

»Das war knapp!«, brüllt mein Vater und lässt sich neben

GG auf die Bank plumpsen. »So«, sagt er dann und blickt uns der Reihe nach an, als würde er uns zum ersten Mal sehen.

»Aufi geht's. Der Berg ruft!«

Nur damit ihr euch nicht wundert, Leute! GG kennt meinen Vater ja noch nicht, weil er den ganzen Tag auf seinem Zimmer war. Und mein Vater macht seine Sache richtig gut! Er labert ohne Pause, und zwischendurch haut er GG immer wieder begeistert aufs Knie, als wären sie die besten Freunde.

»Ich komme gerade aus so einem Ort mit Snowdome und Disco und allem. Nicht so ein verschlafenes Kaff wie hier, sondern da geht richtig die Luzie ab, aber hallo! Nur ein bisschen schade vielleicht, dass da von der Natur nicht mehr viel übrig ist!« Er zeigt aus dem Fenster auf die verschneiten Bäume unter uns. Ein paar Rehe stehen im Schnee und blicken zu uns hoch. »So was gibt's da natürlich alles nicht mehr, aber sie haben jetzt Plastikbäume aufgestellt. Und auch ein paar Tiere aus Plastik, Hirsche und so was. Sieht ziemlich albern aus, und die ersten Leute beschweren sich auch schon und wollen nicht mehr wiederkommen, weil ihnen der ständige Lärm und die Autoabgase von den Parkplätzen überall auf die Nerven gehen. Deshalb will ich jetzt auch noch mal auf den Berg hier. Noch einmal einen echten Sternenhimmel sehen und keine Discokugeln. Wer weiß, wie lange es so was überhaupt noch gibt!«

Was passiert, als die Gondel auf dem Berg ankommt? Lies morgen weiter!

Dezember

Wir haben alle ziemlich lange geschlafen. Weil wir erst spät in der Nacht vom Berg nach Hause gekommen sind! Und dann natürlich erst noch meiner Mutter und Oma Schröder erzählt haben, was alles passiert war. Wobei Andrea und Oma Schröder auch noch abwechselnd immer wieder nach GG gucken und ihm heiße Hühnerbrühe bringen mussten. Oder ihm frische Wadenwickel machen oder seine Hand halten. GG ging es nämlich gar nicht gut, nachdem Onkel Toni ihn mit dem Motorschlitten zurückgebracht und gleich ins Bett gepackt hatte …

Aber jetzt scheint er sich wieder halbwegs erholt zu haben! Und wir sitzen alle zusammen im Gastraum um den Weihnachtsbaum herum, Andrea hat Tee mit Zimt gekocht und wir essen selbstgebackene Kekse. Ja, ihr habt richtig gehört, alle zusammen habe ich gesagt. Und ich meine nicht nur uns und die Holländer, sondern auch GG selber! Der gerade mit seinem Sohn telefoniert und mit vollem Mund irgendwas nuschelt, was ungefähr so klingt: »Wir feiern Weihnachten. *Knack. Krach. Knusper.* Esch gibt Keksche. *Knusper.* Schehr lecker! *Krach. Knack.* Nein, der Verkauf hat nischt geklappt. *Knack.* Aber dasch macht nischt. Isch fühle misch sehr wohl hier. *Schmatz.* Isch erkläre esch dir schpäter. Esch ischt komplischiert. *Knusper. Knack. Schmatz.* Bisch schpäter.«

Er schaltet sein Handy aus und stopft sich zufrieden den nächsten Keks in den Mund.

»Jetzt erzählen Sie aber noch mal, was da auf dem Berg eigentlich los war!«, fordert ihn meine Mutter auf. Obwohl sie natürlich längst Bescheid weiß, aber ich glaube, sie möchte es einfach gerne noch mal hören. Und zwar so, wie GG es erlebt hat.

GG kaut und schluckt. Dann nickt er und fängt an.

»Also, wir sind mit der Gondel auf den Berg gefahren. Und das war schon komisch, weil da noch ein Typ mit Vollbart und

Sonnenbrille eingestiegen ist, der behauptet hat, dass er sich nur den Sternenhimmel ansehen will, bevor es vielleicht keinen mehr gibt!«

Mia und ich blicken schnell zu unserem Vater, der sich grinsend mit der Hand über das glatt rasierte Kinn streicht. Wahrscheinlich juckt die Haut immer noch von dem falschen Vollbart, den Onkel Toni ihm verpasst hatte!

»Und dann waren wir oben auf dem Berg«, erzählt GG weiter. »Und der komische Typ hatte recht! Der Sternenhimmel war unglaublich! Ich habe sogar eine Sternschnuppe gesehen, und dann noch eine. Unten im Tal haben die Glocken geläutet, aber sonst war es völlig still, kein Autolärm, nichts, nur ein leichter Wind, der ein paar Schneeflocken vorübergeweht hat. Wirklich schön. Ich hätte stundenlang da stehen können und mir die Sterne angucken. Aber dann ...

»Aber dann?«, fragen Mia und ich.

»Dann wart ihr plötzlich weg. Und der komische Typ auch. Ich war ganz alleine. Also bin ich los, um euch zu suchen. Ich dachte, ich hätte zwischen den verschneiten Tannen jemanden gesehen, aber als ich näher kam, war es nur ein Schneemann, der da stand. Und dann waren da plötzlich noch mehr Schneemänner! Die auf mich zugekommen sind und mit mir geredet haben. Wirklich! Ich habe mir das nicht eingebildet, ich weiß sogar noch, was sie gesagt haben. Dass es bald keine Schneemänner mehr geben wird, wenn hier erst mal alles betoniert und vollgebaut ist. Und wenn die Bäume abgeholzt werden, gibt es auch keinen Schutz mehr vor Lawinen. Die Rehe und Hirsche verschwinden, weil sie sich nirgends verstecken können. Und man hört noch nicht mal mehr die Glocken vom Kirchturm, sondern nur noch Discolärm und Gejohle und Gekreische von den Leuten, die gerade Party machen.«

»Aber dafür könnte man dann im Snowdome immer Ski

laufen«, wirft Mia ein. »Sogar im Sommer!« Als ob sie selber daran glauben würde, dass das ganz toll wäre.

Aber GG schüttelt nur den Kopf. »Das habe ich ja auch immer gedacht. Aber die Schneemänner kannten sich wirklich gut aus! Sie wussten sogar, dass ein Snowdome ungefähr so viel Strom braucht wie eine ganze Stadt. Und dass das Wasser für den Kunstschnee in großen Becken gesammelt werden muss und dann nicht mehr viel übrig bleibt für die Bäume und die Pflanzen, bis alles abstirbt und der Berg aussieht wie ein nackter Buckel mit einem Glaskasten drauf.«

»Nicht schön«, sagen die Holländer. »Dann können wir ja auch gleich zu Hause bleiben.«

»Und das war's?«, fragt Oma Schröder. »Wegen den Schneemännern haben Sie dann Fieber gekriegt?«

»Nicht wegen den Schneemännern«, antwortet GG leise. »Sondern wegen dem Berggeist, der plötzlich dazugekommen ist. Ein Riesenkerl mit einer fürchterlichen Maske und einem Hirschgeweih auf dem Kopf! Und der hat gesagt, dass er ziemlich böse werden könnte, wenn jemand kommt und die Berge kaputtmacht. Dann hat er mich an der Jacke gepackt und geschüttelt, und ich habe schon gedacht, gleich stößt er mich in den Abgrund. Aber da kamen zum Glück die Engel!«

»Was für Engel?«, rufen Mia und ich gleichzeitig und haben Mühe, nicht laut los zu kichern, so entsetzt ist GG immer noch.

»Zwei Weihnachtsengel«, erzählt er weiter. »Nein, eigentlich drei, obwohl der dritte ziemlich klein war und es fast aussah, als würde er auf vier Beinen laufen, aber alle drei Engel hatten schöne große Flügel, und sie haben den Berggeist vertrieben und mich gerettet. Und Gott habe ich auch gesehen! Er saß auf einem Schneehaufen und hat mir mit dem Finger gedroht. Er war viel jünger, als ich immer dachte, aber er war es bestimmt! Mit einem weißen Bart und so einem langen Hemd…«

»Und da sind Sie vor lauter Aufregung in Ohnmacht gefallen, passt«, nickt Onkel Toni. »Sie können von Glück sagen, dass ich Sie noch rechtzeitig gefunden und mit dem Motorschlitten zurückgebracht habe.«

»Danke«, sagt GG so leise, dass wir ihn kaum verstehen.

»Er hat einen Berggeist gesehen«, sagen die Holländer. »Und den lieben Gott selber!«

»Und was wird jetzt aus dem Hotel hier? Und dem ganzen Berg?«, fragt Andrea.

»Nichts«, sagt GG. »Es bleibt alles so, wie es ist. Ich mache auch keinen Anbau am Alpenhof. Aber ich habe mir heute Nacht noch überlegt, dass Sie vielleicht ganz gut ein bisschen Geld gebrauchen könnten, um mal alles zu renovieren und vielleicht ein paar Kleiderhaken mehr aufzuhängen. Ich würde Ihnen da gerne helfen, das ist dann auch mein Weihnachtsgeschenk für Sie. Einverstanden?«

»Also dafür stelle ich mich auch heute noch in die Küche und mache Ihnen Ihren Shepherd's Pie«, sagt Andrea lachend.

»Dann haben wir einen Deal«, meint GG. »Ich wünsche euch allen ein schönes Weihnachtsfest!«

»Passt«, nickt Oma Schröder.

»Schöne Weihnachten!«, jault Caruso.

Im gleichen Moment fliegt die Tür auf.

»Ich hab' hier noch ein paar schöne Pizzas!«, ruft Carlo und fängt gleich an, die Kartons zu verteilen. »Alles Originalrezepte! Hier haben wir zum Beispiel eine Pizza Toni, und hier kommt eine Pizza Max, Pizza Mia, Pizza Oma, Pizza Mama und Papa, Pizza Caruso und... Moment, was ist das? Ach ja, hier steht's ja: Pizza Holland mit bunten Zuckerstreuseln!«

Was ist auf den verschiedenen Pizzas drauf?
Denk dir selbst was aus!

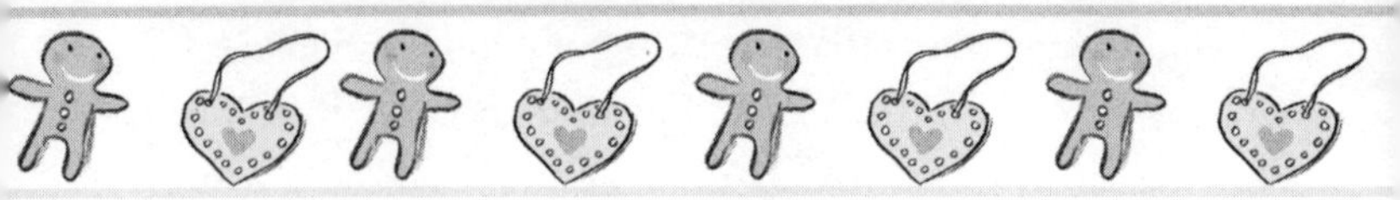

Frohe
Weihnachten!

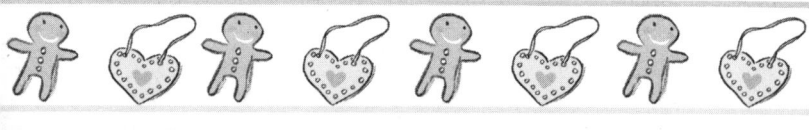

Jan Andersen
Dusty und das Winterwunder

ca. 192 Seiten, ISBN 978-3-570-17556-9

Fröhliche Weihnachten? Nicht für Paul! Denn seit einiger Zeit ist seine
beste Freundin Alex abweisend und verschlossen, will mit niemandem
mehr etwas zu tun haben. Noch nicht einmal mit Paul und Dusty. Dann
erfährt Paul, dass aus dem Tierheim mehrere Tiere verschwunden sind.
Und dass Alex seit einiger Zeit im Tierheim aushilft. Paul will es nicht
wahrhaben: Aber ist seine Freundin am Ende in die Tier-Entführungen
verwickelt? Dank Dustys Spürsinn kann Paul nicht nur die vermissten
Tiere retten, sondern auch Alex aus einer misslichen Lage helfen. Und
am Ende feiern alle gemeinsam umterm Weihnachtsbaum. Wenn das
kein Winterwunder ist!

www.cbj-verlag.de